純情ウサギが恋したら

月東 湊

幻冬舎ルチル文庫

CONTENTS ✦目次✦

純情ウサギが恋したら

✦イラスト・高星麻子

✦カバーデザイン＝chiaki-k（コガモデザイン）
✦ブックデザイン＝まるか工房

純情ウサギが恋したら

真夏の太陽がさんさんと降り注いでいる。

太陽に焼かれたアスファルトは熱を噴き上げ、まるで火に掛かったフライパンのようだ。

熱い。ものすごく熱い。

『……もう……だめ』

穂澄《ほずみ》は歩道に這《は》い上がることすらできずに、縁石の脇にへたりと崩れ落ちた。

熱にやられたうえに、空腹が過ぎてぐるぐると目が回る。せめて日陰に逃げたいのに、体に力が入らなかった。

ぐったりと横たわる穂澄の横を、幾つもの靴や自転車のタイヤが通り過ぎていくけれど、誰一人穂澄を助けようとする者はいない。

それは当然だった。穂澄は人間の目には見えない生き物だからだ。

――そうか。僕は、ここで消えるんだ……。

頭の中に、姉たちの姿が浮かぶ。彼女たちは、出来損ないの穂澄をものすごく可愛がってくれた。きっととても悲しむだろう。でも、もうそろそろ本当に限界だ。

――ごめんね、姉さま。でも、姉さまたちのおかげで僕はすごく幸せだったよ。今まで守ってくれてありがとう。だから……。

意識が遠くなりかけたその時だった。

「おい」

声が頭上で響き、背中の毛皮を摑《つか》んで持ち上げられた。

「大丈夫か、兎《うさぎ》っ子」

取り巻いていた熱気が遠ざかってわずかに体が楽になり、薄くあけた空色の目に映ったのは、自分の顔を覗《のぞ》き込む制服姿の男性の姿。視界がぼんやりと掠《かす》れているため顔は分からないが、特徴のある紺色の帽子が目に入った。

——お巡りさん……？

——あれ……？　なんでこの人、僕のこと見えるんだろう……。

朦朧《もうろう》とした頭の片隅でそう思うのと同時に、穂澄は意識を失っていた。

◆

穂澄は小さな茶色い兎の姿をした妖《あやかし》だ。

三日前までは、都心から電車で一時間半かかる駅のそばのちんまりとした林に住んでいた。

そこは昔、山のふもとに広がる大きな森の一部だった。いつしか周囲の開発が進んで森から切り離されても、立派な樫《かし》やくぬぎの大木があるために残された市民の森で、春には花や蝶《ちょう》を、夏にはカブトムシやクワガタを、秋にはどんぐりを子供たちが拾いにくるような、そんな憩いの森だった。

「ここは、本当に気持ちが良くて落ち着くよね」

明け方や夕方に遊歩道を歩く人々や、昼に子供たちを遊ばせにくる保育士たちは、梢《こずえ》を見上げてよくそんなことを言っていた。

それは当然だった。なぜなら、その林には、森を削られて追われた弱い神や妖がわんさかと住んでいたから。山や森は遥《はる》か遠くに離れ、力が弱い彼らはもう辿《たど》りつけない。最後に残った楽園を、彼らは精一杯浄化し、大切に守っていたのだ。

穂澄たちもそこに住む妖の一部だった。時には兎の姿で子供たちと遊んだりもしたのに、そんな大切な場所も、三日前にとうとう消えてしまった。

その場所を市が売却し、大規模マンションが建つことになったのだ。

整地が始まり、何百年も世を見守ってきた木は切り倒された。神や妖は散り散りになり、あるものは力尽きて消え、あるものは次の拠《よ》り所を探して旅に出た。

穂澄も居場所がなくなり、街中をさまよった挙句、道端で力尽きかけていたのだった。

——穂澄、諦《あきら》めちゃだめよ。私たちが、穂澄と契約してくれる術者を探してあげるから。

姉の声が聞こえる。

——ありがとう、姉さま。でもそれ、無理だと思うよ。姉さまたちみたいに可愛かったり美しかったりするならともかく、こんな、男にしかなれない淫兎《いんと》と契約してくれる術者なんて、どこにもいないよ。

——なにを言ってるの。完全な成体になる前に誰かと契約しないと、私たち淫兎は霧になって消えちゃうんだからね。穂澄、自分のことなんだから、頼むからもっと必死になって。

——でもね姉さま、僕は、雄の淫兎の僕が今まで生きていられただけでも、本当に十分幸せなんだよ。それもこれも、みんな姉さまたちのおかげだよ。ありがとう、姉さま。

——穂澄！

きーっと姉が怒鳴る声が聞こえる。

いつものように交わされていたやり取りだ。穂澄を守ろうとする姉兎たちと、もう十分だと笑う穂澄。あまりに生への執着が薄い穂澄を、彼女たちはいつもこうやって怒った。

——だって、本当に、幸せなんだよ。それに……。

姉たちには決して言えなかった、術者と契約したくない理由を穂澄は飲み込む。

穂澄たち淫兎は、淫妖の一種だ。淫妖は、文字の通り淫《みだ》らな行為で対象を骨抜きにする妖で、中でも淫兎は愛らしい女性の姿に化けて男性を夢見心地にし、その精気を餌《えさ》にして生きる妖だ。

しかし、淫妖が精気を奪えるのは、自分たちを認識できる人間だけだ。今のご時世、妖の存在を信じ、姿を見られる人間など皆無に近い。その結果餌がなくなり激減の一途を辿った淫妖は、自分たちの姿を見ることができる異能を持つ術者と契約し、彼らの式神となって働く代わりに、術者本人の精気を貰《もら》ったり、術者に力を増幅してもらい攻撃対象の人間の精気を奪うことで生き延びる道を選んだ。

淫兎は、成体になるまでは普通の兎と同じように草を食べて生きるが、成体になると草から栄養が取れなくなり、生きるためには精気が必要になる。穂澄は歳《とし》が離れた末兎のため未成体だが、姉兎たちはそれぞれに術者を見つけて式神となって暮らしている。

姉たちは、近いうちに成体になる穂澄と契約してくれる術者を探してくれているが、それは容易なことではない。

なぜなら、穂澄は雄なのだ。男性の精気を餌にする淫兎は雌しか存在しないはずなのに、なぜか穂澄は雄で生まれてしまった。「雄の淫兎」なんて使い勝手の悪いものを抱える物好きな術者がいるのかいという問題以前に、「どうせただの化け兎だろ」と信じてもらうことすらできないらしい。

だが、穂澄自身はこのまま誰とも契約しないまま消えてもいいと思っている。

雄の淫兎の自分が今まで生きてこられたのは、姉たちが守って可愛がってくれたおかげだ。それだけでも十分幸せだし、それに……。

——僕は、誰かを傷つけたり殺したりしてまで生きたくないんだ。

姉たちには絶対に言えない、式神になりたくない本当の理由。

式神になるということは、術者の『武器』になることを意味する。

穂澄たち淫兎は、人間の男性や雄の獣の夢の中に入り込んで性欲を刺激して夢精を促し、その精気を得る。そんな淫兎の式神としての使い道は、対象の夢の中に入り込んで精神を攪《かく》乱《らん》し、正気を失わせること。最悪の場合は精神を破壊すること。

運よく生き延びてきただけの自分には、誰かの命を奪ってまで生き延びる価値はないと穂澄は思っている。そして、それ以前に、姉たちや市民の森の妖たちに温かい気持ちだけを貰って生きてきた自分は、誰かに温かい気持ちを返すならともかく、誰かを攻撃して傷つけるなんてことは絶対にしたくないという強い思いがあるのだ。

ごめんなさい姉さま、と穂澄は心の中で謝る。

この理由は、姉たちには絶対に言えない。すでに式神として術者に仕えている彼女たちの生きざまを否定することになるから。

――僕は、誰かを傷つけるくらいなら、静かに霧になって消えたいんだ。

でも、と穂澄は心の隅で思う。

――本当は、僕も、守られてばかりの役立たずじゃなくて、……ちゃんと誰かの役に立ちたかったな……。

◆

真っ暗な意識の中、新鮮な野菜の匂《にお》いに気付いて穂澄の意識がぼんやりと浮上した。

――なに……？

ひくっと小さな鼻が動く。

大好きな葉っぱの匂い。これは、……。

――レタスだ！

ぱっと目が開いた。いきなり明るくなった視界を占めたのはレタスの緑色。鼻も触れるくらい近くにあったそれに、穂澄は飛びついた。

長い前歯でひと噛《か》みすれば、口の中に新鮮な野菜の味が広がる。美味《おい》しさに眩暈《めまい》がした。

飢えていた小さな体に力が流れ込む気がして、穂澄は前肢《まえあし》でそれを押さえて夢中で食べた。

――美味しい。美味しい。

体の細胞のひとつひとつが喜びに震えている。

あっという間に一枚を平らげ、手元になにもなくなる。はっとして動きを止めた穂澄の頭の上から、「もっと食べるか？」と声が降ってきた。

びっくりして顔を上げたら、男性の顔が視界に飛び込んできた。

勝手に息が止まったのは、微笑《ほほえ》むその顔があまりに凛々《りり》しくて、そして優しげだったから。

弱い生き物は、自分を守ってくれる相手を感知する能力にたけている。そして穂澄もそうだった。細められた真っ黒な瞳《ひとみ》があまりに柔らかくて、弧を描く眉《まゆ》も、すうっと通った鼻筋も薄い唇もものすごく綺麗《きれい》に整っているのに、威圧感を与えるものでは決してなくて、――笑顔も、今までに出会ったどの人よりも安心できるもので、――穂澄はまじまじと彼を見つめてしまった。

「どうした、固まって」

聞き覚えがある声にはっとして、空色の瞳をぱちっと瞬《またた》く。

――この人、さっきのお巡りさんだ！

飢えた上に炎天下で太陽に晒《さら》されて、霧になって消えかけた時に最後に聞いた男性の声。

――大丈夫か、兎っ子。

温かかった声はしっかりと耳に残っている。

拾い上げて助けてくれた人だと、感動で体が熱くなる。

『あ、ありがとうございます』

見上げたまま思わず礼を口にしたが、外見としては、兎の口がぱくぱくと開いただけだ。

妖の声は、能力者でないと聞き取れない。だが彼は、穂澄の言葉を理解したかのように「分かった、待ってろ」と微笑みながら、手元にあった丸いレタスからぺりっと新しい葉を剝《は》がした。

穂澄は空色の丸い目をぱちりと瞬く。

自分の「ありがとうございます」を「助けてくれてありがとうございます」ではなくて、「もっと食べるか？」の返事だととらえたのだと気づいたのは、二枚目のレタスが目の前に置かれた後。

新鮮な葉の香りに、穂澄の動物の本能が反応した。レタスの葉をぱしっと二本の前肢で押さえて、長い前歯で噛みつく。大好きな葉っぱの味に幸福感が膨れ上がり、尻尾がぷるぷると震える。

「そんなにがっつくなって。空腹だったところに一気に食べすぎると吐くぞ」

小さな頭に触れたのは大きな手。

それも、驚くくらいに温かくて優しくて、穂澄は思わず動きを止めた。顔を上げる。

彼が微笑んでいた。優しい黒い瞳と同じ色の真っ黒な髪。少し小さ目の頭に、綺麗な長い首と広すぎない肩。全体的な雰囲気は、端整な顔なのにしなやかに男らしい感じもして、穂澄はついまた見つめてしまった。

視線が離せなくなって食べるのをやめた穂澄の頭を、彼はまた撫《な》でる。

「よし、自分でやめたな。賢いぞ、兎っ子」

そう言って、食べかけたレタスを穂澄の顔の前から取り上げてしまう。

あ、と心の中で呟いたが、確かに腹は適当な感じで膨れているし、極限の空腹状態だった胃にこれ以上入れるのは危険だと自分でも思い、穂澄は大人しくそれを見送った。

彼は、食べかけのレタスをビニール袋に戻して立ち上がる。

目の前を埋め尽くしていた体が遠ざかり、代わりに周囲の様子が見えた。

穂澄は広めの和室にいた。木目の模様がある天井から四角い蛍光灯がぶら下がっている。

床は畳。丸い古びたちゃぶ台と、壁にはいくつかの年季の入った木造りの箪笥《たんす》。その横には、なぜか黒光りする古い土鍋が置いてある。真正面は押入れ。その左手は腰高の窓。窓の外はもう暗い。右手にある曇りガラスの障子の奥は台所のようで、流しとガス台が見えた。

古い和式のワンルーム。穂澄は、玄関の横の板張りの部分で餌を貰っていたのだった。

冷蔵庫を開け閉めする音の後、彼が台所から出てきた。

「じゃあ、俺はちょっと買い物に行ってくるから」

そう言ってまたぽんと穂澄の頭をなでると、彼は小さな三和土《たたき》でさっさと靴を履いて、扉を開けて出ていく。外から鍵を掛ける音が聞こえた。

あっという間だった。


室内にしんとした沈黙が落ちる。

静けさのなかで、穂澄が改めて部屋を見渡したその時だった。

ニャアッと猫の鳴き声が降ってきて、穂澄は仰天して飛び上がった。

見上げれば、箪笥の上に茶色のトラ縞《じま》の猫がいた。まん丸な金色の瞳で穂澄を見下ろしている。

背中の毛がぶわっと逆立った。林にいた時に、よく追いかけられて苛《いじ》められたせいで、穂澄は猫が苦手だ。息を詰めてじりじりと箪笥から遠ざかろうとするのに、猫は軽やかに床に飛び下りて穂澄の顔を覗き込んだ。

『あんた、妖でしょ？』

ぴんっと耳を立てて、穂澄の肢が止まる。

驚いたことに、猫の口から漏れてきたのは鳴き声ではなく意味のある言葉だった。

――この猫も妖……？

『なに黙ってるのよ。今更ただの兎のふりしたって遅いんだからね。あんたが六辻《むつじ》にありがとうって言うのを聞いちゃったんだから』

猫は、ふんっと息を吐く。

穂澄はほんのわずかに警戒を解いた。

妖は、猫よりも格段にマシだ。猫は言葉が通じないから問答無用で追いかけてくるが、妖だったら言葉が通じる。――苦手なことに変わりはないが。

猫はおもむろに目を細めた。人間のように表情が豊かだ。

『なあにその怯《おび》える目。あんた、あたしが苛めるとでも思ってるの？　そんな低俗なことしないわよ。あたしは天下の化け化け猫様なんだからね』

『……化け、化け猫？』

化け猫ならともかく、化け化け猫は初めて聞いた。

思わず問い返した穂澄に、猫はつんと顔を上げる。

『化け猫が更に化けた猫よ。猫は昔は十三年生きると化け猫になれたんだけど、今のご時世、十三年生きるのなんて全然すごいことじゃなくなっちゃったから、どんどん化け猫ハードルが上がってるのよ。あたしは二十五年生きて化け猫になって、更に二十五年生きて十年前に化け化け猫になったのよ。敬いなさい！』

声と同時に、ぴんと立っていた茶色いふわふわの尻尾がいきなり三本に分かれる。

『わっ』と声を上げて、穂澄はぴょんと後ろに飛んだ。

その反応に満足したようで、猫はにんまりと笑う。

『どう？　三回化けた証拠の三叉《みつまた》の尾。格好いいでしょ？』

『――は、はあ』

穂澄は呟《つぶや》く。二叉は確かに何度か見たが、三叉は初めてだ。

『で、あんたは？　妖なんでしょ？』

長い三本の尻尾がばらばらに動き、勝手に三つ編みをして一本に戻るのを驚いて見つめながら、穂澄は『はい』と答える。

『ほーら、やっぱり。名前は？』

『穂澄……です』

『ふーん、あたしは鈴《すず》ノ助《すけ》』

穂澄はぱちりと目を瞬く。

『……鈴……ノ助？　雌……ですよね？』

『失礼ね！　雄よっ』

大声で怒られて、びっくりして穂澄はまた飛び退《すさ》った。心臓がばくばくしている。

『え？　でも……』

穂澄は混乱した。この猫は自分のことを『あたし』と言うし、喋《しゃべ》り方も雌っぽい。しなを作る歩き方も、どちらかと言えば雌のそれだ。

戸惑う穂澄の耳に、『鈴の字や、それは無理ってもんじゃろ』としわがれた声が聞こえた。

自分と猫だけだと思っていたのに一体どこから、と驚いて見渡す穂澄の目に、箪笥の横にあった古い土鍋の蓋《ふた》が勝手にくるんとひっくり返るのが映った。かったんかったんと蓋を鳴らし『鈴の字よ、それを言うなら、お前さんは喋り方から変えねばならんぞよ』と、明らかにそこから声がする。

――土鍋が喋ってる。……この土鍋も妖だ。

驚いて土鍋を凝視したその視界の中で、土鍋の上のなにもなかったはずの空間に今度はぽうっと橙《だいだい》色と黄緑色の火が灯《とも》る。

――もしかして、また、妖……？

予想通り、二つの炎は唐突にきゃらきゃらっと笑い声を立てた。『そうだよねー』『そうだよそうだよ』と子供の声で喋り、くるくる絡まりながら部屋の中を飛び回る。その様子は、まるで子猫がじゃれ付いているようだ。

『うるさいわよ、遊び火』と猫が顔を上げて一喝するが、二つの炎は『ほーらまた女ことば』と笑って相手にしない。

――な、……なにここ。

化け化け猫に喋る土鍋と炎。狭い部屋に四人も妖がいる。唖然《あぜん》とした穂澄の目前に、土鍋の中から飛び出した一匹の真っ白な鼠《ねずみ》が駆け寄ってきた。真っ赤な瞳には明確な知性の輝きがあって、まさかこの鼠も妖なのかと息を詰める。

案の定、鼠は長い睫毛《まつげ》の下の目を細めて『どーも』と首を傾《かし》げてあいさつした。

『おいら、化け鼠です。ネズです。できればねずのんって呼んでほしいなー』

『ね、ねずのん……？』

『そうそう。ねずのんって響き可愛くない？　よろしくでーす』

『よ、よろしく……です』

つられて挨拶《あいさつ》した穂澄に、鼠はチュウッと楽しそうに鳴いた。

『やっぱい、この子可愛いよ。可愛いよ。おいらの化け鼠本能くすぐりまくってるよ』と叫ぶと、興奮した様子でくるくると畳の上を駆け巡る。
それをばしっと叩いて押さえつけたのは、化け化け猫の鈴ノ助だった。
『ネズ、うるさい』
『いやん、鈴さんったら、ら、ん、ぼ、う』
鈴ノ助は鼠の言葉を無視し、動きを封じたまま穂澄に視線を戻す。
明らかに穂澄の言葉を待っているその表情に、穂澄はのろのろと口を開いた。
『――な、なんなんですか？　ここ』
『六辻のお、う、ち。いわゆる、妖パラダイスよ』
にっこりと微笑んで猫は言った。

化け化け猫の鈴ノ助。
土鍋に憑いた付喪神《つくもがみ》の釜爺。
遊び火のアカとアオ。
そして、化け鼠のネズ。
『ほかに、台所にかまど神もいるけどね』と鈴ノ助は説明した。
『は、――はあ』

相変わらず唖然としたまま穂澄は返事をする。

場所は同じ部屋の中。畳の上でちょんと丸くなる小さな穂澄の前に、鈴ノ助とネズ。アカとアオはふわりふわりと空を飛び、壁際からは釜爺が土鍋の蓋を立てて耳を澄ましていた。

『なによ、あんたも妖なんだから、妖くらいで驚かないでよ』

『……でも、こんなにたくさんの立派な妖に一度に会ったことなかったから』

『立派？』と鈴ノ助が問い返す。

『あの、僕、ずっと林にいたんですけど、付喪神さんとか化けなんたらさんにはほとんど会ったことがなくて。林にいたのは、小さな神様ばっかりだったから……』

『ああ、そういう意味で言うと確かにあたしたちは都市型の妖ね。自然の中の妖とは違うわ』

『……僕、ほとんど林を出なかったので知らないんですけど、町の中に住む妖さんは、いつもこんなににぎやかなんですか？』

『にぎやか？』

『みなさんで一緒に仲良く住んで……』

『ああ、ここが異常なのよ。この部屋の主《あるじ》のおかげ』と鈴ノ助がしたり顔で言う。

『主って、さっきの男の人？』

『そう、連雀六辻《れんじゃく》。あたしたちのことを見ることもできるし、話もできるし触れることもできる、ものすごく貴重な人間。しかも、怖がったり崇《あが》めたりしないで普通に接してくれるから、居心地が良くて集まっちゃうのよね。あと、時々、あんたみたいに弱った妖を拾ってきたりもするし』

『いわゆる変人じゃな』と釜爺が口を突っ込む。

『あら。ゴミ捨て場から拾ってきてもらって、その言い草はないんじゃない？　釜爺』

『べつに貶《けな》してはおらん。事実を述べただけじゃ。六辻には心から感謝しておる』

『だよねー、おいらとアカアオは勝手に住み着いたクチだけど、追い出さないでくれたし。六辻さんには頭が上がらないよ。上げてるけど』

ぺちっと手で頭を叩いたネズの仕草に、穂澄は思わずくすっと笑った。

『あ、笑った笑った！　やっぱり可愛い！』

ネズがくるくると走り回る。

『ネズうるさい』と鈴ノ助が前肢で押さえつける。

『で、あんたの事情は？』

にっこりと鈴ノ助に尋ねられ、穂澄はぴっと耳を立てて姿勢を正した。これまで生きてきた年月の長さか、この猫には妙な迫力がある。

『あの、住んでいた林が、マンションが建つとかで潰《つぶ》されて住むところがなくなっちゃって。次の行き場を探してうろうろしていたら、お腹《なか》が空《す》いたやら暑いやらで行き倒れかけたところを六辻さんが拾ってくれた……みたいです』

『あんた、行く場所ないの？』

『はい』

『だったらここにいたら？』

『え？』と驚いた穂澄を前に、『そうじゃな』『賛成ー！』と釜爺とネズが同調した。遊び火は、返事の代わりに楽しそうにくるくると飛び回っている。

穂澄は呆気《あっけ》にとられてそれを見つめた。

林を追い出されたあと、どれだけ歩き回っても次の居場所は見つからなかった。何ヵ所かそれらしい場所に辿りついたが、そこにはすでに先客がいて追いだされた。

今のご時世、妖が落ち着ける場所はものすごく少ないのだ。だからこそ貴重で、先住の妖は自分のテリトリーを守るためになかなか新しい妖を受け入れようとしない。

それなのに、こんなにあっさりと穂澄を迎え入れようとしてくれるなんて……。

『なんで……？』

あまりにも思いがけなくて問い返した穂澄を『ん？』と鈴ノ助が振り返る。

『そんなに簡単に、ここにいたら、なんて言っちゃって……いいんですか？』

『六辻が拾ってきたから』

『え？』

『六辻の人を見る目、じゃないわね、妖を見る目をあたしたちは全面的に信用しているわけよ。理由はそれで十分』

穂澄の頭の中に、自分を拾った彼の笑顔が浮かんだ。

――確かにすごく優しそうだったけど、……それだけで？

だが、釜爺まで蓋をかぱかぱと動かして『んだな。鈴の字のいう通りじゃ』と肯定する。

――なにここ。あの人は、いったいどういう人？

妖を見たり妖と話したりできるだけでものすごく珍しいのに、その妖たちにこんなに信頼されているなんて。

心底驚いた穂澄の前で、鈴ノ助がぴくりと耳を動かして首を伸ばした。

『なんてナイスなタイミング。そんなこと言っている間に六辻よ』

トントンと部屋の外の階段を上る音が聞こえた直後に、鍵が差し込まれる音。

ドアを開けて入ってきた六辻の手には白い小ぶりのビニール袋がぶら下がっていた。美味しそうな香りが漂い、夕食を買いに出かけたのだと気付く。

鈴ノ助が駆け寄って、ニャーと大きな声で鳴いた。

「どうした、鈴」

『あのね、この兎の妖、住処《すみか》だった林が潰されて、行くところがないんですって。ここに置いてもいいでしょ？』

いきなり自分のことを振られて、焦った穂澄の耳がぴんっと立ち上がる。

「ん？」と六辻の黒い瞳が穂澄を捕えた。濃く深い黒に視線が吸い寄せられる。

「兎っ子、行くところがないのか？」

耳を倒し、こくりと頷《うなず》いた穂澄に「そうか」と彼は笑った。目が細くなると、瞳の吸引力が薄れて一気に柔和さが増す。思わずつられて微笑んでしまいそうになった。

「だったら、ここにいるか。鈴たちも気に入ってるみたいだし」

鈴ノ助たちに予告されていたとはいえ、本当にそんなことを言ってもらえて信じられない気持ちになった。倒れていた耳がそろそろと持ち上がる。

『い、いいんですか？』

「いいよ。あの時拾ったのも何かの縁だ。助けた者をもう一度放り出すなんてことはしないさ」

穂澄の体がぶるっと震えた。じわっと温かくなる。

『あ、ありがとうございます……！　僕、掃除でも片付けでもなんでもやります！』

六辻は少し驚いた顔をした後にくすりと笑い、ちゃぶ台の横に腰を下ろした。

「それは助かるな」

信じていない口調で言いながら、がさがさと音を立ててパックに入った弁当を取り出す。

それを見て、ちゃぶ台の上に飛び乗った鈴ノ助が呆《あき》れたように口を開いた。

『六辻、まーたのり弁。お弁当屋さんの弁当ばっかりだと太るわよ』

「どうせ一人分だから、買うほうが安いし早いし便利なんだよ」

六辻と鈴ノ助の目の高さが同じになったせいか、まるで会話の違和感がない。

『そうだよ六辻さん、体に良くないと思うんだけどなぁ』

ちゃぶ台の下からチュウッと口を尖《とが》らせたネズにも笑いかけてから、「兎っ子、人参《にんじん》食べるか？」と畳の上の穂澄にきんぴらごぼうの人参を箸《はし》でつまんで差し出す。

『え？　あ、はい』

橙色の人参の端を小さな口で咥《くわ》える。

初めて食べた人間の食べ物は、ものすごく塩辛くて味が濃かった。

『あたしも食べたい！』

『おいらも！』

ちゃぶ台の上で立ち上がり尻尾をぱたぱたと振る鈴ノ助と、畳の上でぴょんぴょんと跳ねるネズにも「塩分強いから一本だけな」とごぼうを与えて六辻は目もとを和らげる。

その笑顔に、穂澄の心臓が勝手にとくとくと音を立てはじめた。

——本当に、すごく優しい人なんだな。

鈴ノ助やネズが懐き、遊び火の兄弟がふわふわとリラックスして飛んでいる様子からもそれは間違っていないように思えた。この部屋の雰囲気は、ものすごく温かい。

六辻が風呂場に姿を消すと、鈴ノ助が隣に来て『ね、本当に大丈夫だったでしょ？』と片

目を瞑《つむ》った。ここにいなさいよ、という会話の続きだと気づいて、穂澄は『はい』と笑う。

『六辻に拾ってもらって良かったわね。こんな人間、滅多にいないわよ。六十年生きてるあたしが言うんだから本当よ』

『――はい』

本当にそうだと、心から思った。

力尽きて、霧になる日はそう遠くなく訪れる。その前にここを出ていくまでの短い間だけど、最後にこんな温かいところに辿りついて本当に幸運だと思った。

――姉さま、僕はなんとか生きてます。

心の中で、きっとものすごく心配してるに違いない姉たちに報告する。

そうして穂澄は、妖たちが言うところの「妖パラダイス」の住人になった。

◆

夢を見ていた。

小さな丘の上から、草原を見渡している夢。

一面の草の原を風が渡っていく。風が通った跡が大きく波打ち、まるで緑の大海原にいるみたいだった。鼻先を掠める風が心地よくて、穂澄は大きく深呼吸をする。

――ああ、気持ちいいなあ。

これは穂澄がよく見る夢だ。

市民の森で生まれ育った穂澄は、こんなに広大な光景は見たことないはずだが、この景色は時々夢に現れる。あとは、風になってこの草原の上を飛ぶ夢。

この夢は、安心して眠っている時にしか現れない。

――そうか、僕は今、安心してるんだ……。

夢の中でそんなことを考えた直後だった。

『六辻、起きて！　起きてーっ』

ミギャーッと大声で鳴く鈴ノ助の声で穂澄は飛び起きた。

『な、なんですか、何が……』

ぴんと耳を立て、がばっと身を起こした穂澄の目に入ったのは、布団で眠る六辻の胸の上で飛び跳ねる鈴ノ助と、耳元で『六辻さん、朝だよーっ！』とチューチュー喚《わめ》いているネズミの姿。箪笥の脇では、釜爺が蓋をガッポンガッポンと鳴らしている。ニャーニャーチューチューガコガコ、とんでもないやかましさだ。

『六辻ーっ、朝ーっ、朝。起きてーっ』

眠気も吹っ飛び、唖然としている穂澄の前で、布団の中の六辻がのそりと動いた。

「――朝、か」

『そうよ、朝。起きてーっ』

『六辻さん、着替えないと、電車に乗れないよー』

「……分かった……」

額を擦《こす》りながらそう言ったくせに、体はまた布団に倒れ込む。

『六辻っ、二度寝はだめーっ。身を滅ぼすよ、起きてっ』

背中の上でぴょんぴょんと鈴ノ助が跳ねる。最後には頬《ほほ》をむにむにと前肢で押されて、ようやく六辻は布団から起き上がった。

「……おはよう」

『おはよーっ。はいはい、そのまま洗面所行ってねー』

ネズが六辻の肩に駆け上って耳元で叫ぶ。

呆然《ぼうぜん》としている穂澄のもとに、ふうとため息をつきながら鈴ノ助がやってくる。

『あの、これ……』

『毎朝の定例行事。六辻はすーっごくいい人間なんだけど、ひとつ欠点を示せと言われたら、あたしはこの寝起きの悪さを上げるわね。というか、とんでもなく眠りが深いのよ。なかなか起きないどころか、放っといたら夜まで寝てるわよ。あたしたちがいなかったら、どうなってることか』

ふらふらしながら、六辻が洗面所から戻ってくる。

そのまままた布団に倒れ込みそうになったのを、『布団はだめーっ』と駆けつけた鈴ノ助とネズが体を張って止めた。釜爺もガコガコと騒音を立てている。

『そのまま着替えて、鞄《かばん》持って出る！』

「――分かった……」

のろのろと着替える。

昨晩の凜々しい様子とは真反対の六辻の姿に、穂澄は目を丸くしたままだった。

大あくびをしながらスーツ姿になり、鞄を手に取ったところで、六辻はふと穂澄に目を止めた。

「ああ、……そうか」

まだ眠そうに呟きながら冷蔵庫に向かい、レタスの葉を一枚千切って帰ってくると、それをぽんと穂澄の目の前に置いた。そのまま玄関に体を向ける。

「――行ってくる」

『行ってらっしゃーいっ』

大合唱だ。

六辻の階段を下りる音が聞こえなくなったところで、妖たちはふぅと全員で息を吐《つ》いた。

『ひと仕事終わりー。おはよー、ほっちゃん。びっくりした？』

ネズだ。テンション高く、穂澄の前にしゅっと駆けてくる。

『ほっちゃん？』

『穂澄だから、ほっちゃん。嫌？』

ネズは真っ赤な瞳をいたずら気にくりくりと丸くして穂澄を見上げた。

『い、嫌じゃないです』

『よっしゃー！　ほっちゃんほっちゃん』

無駄に元気よくくるくると走り回る白い鼠を、畳に下りた鈴ノ助が『ネズ、朝っぱらからうるさい』と前肢でばしっと払った。ぽーんと高くほうり上げられたネズは、くるっと華麗に一回転して畳の上に見事に着地する。

『もーう、鈴さんったら乱暴』

『ちゃんと立てたんだからいいでしょ』

『それは、おいらの運動神経を認めてるってことだね！　イエイッ』

『あー、もう、ネズあんた朝っぱらから本当にうるさい』

言い合う鈴ノ助とネズに、穂澄は『あのー』と近づいた。

『ん？　なに？』と律儀に鈴ノ助が答えてくれる。

『六辻さんのお仕事って、お巡りさんですよね？』

『お巡りさんっていうよりも、警察官ね。鑑識なんですって。だから四日に一回は夜勤。おっきな事件があると、何日も帰ってこないわよ。どうして？』

『昨日拾ってくれた時にはお巡りさんみたいな格好してたのに、今は違ったから、もしかして見間違いだったのかなと思って』

『大丈夫、警察官よ。でも、通勤はスーツ。作業服は持ち帰っちゃいけないんですって』

『そうなんですね』と穂澄はこっそりと笑う。

六辻が警察官だと知って少し嬉しかった。

穂澄は昔から警察官びいきだ。穂澄自身も覚えていない幼い頃、市民の森に時々訪れた警察官から、よくレタスを貰っていたのだと姉たちに言われた。そうでないと、自然林に住んでいる穂澄が野生では育たないレタスを食べて、大好物になる機会などない。

『さてと。あたしはもう一回寝るわ。で、穂澄、あんたはさっさとレタス食べなさいね。しなしなになるわよ』

『あ、――はい』と穂澄はレタスを見てから、『僕だけですか？』と尋ねる。

『あたしたちは食べなくても死なないし、お腹もすかないのよ。でも穂澄は、昨日飢えてたって事は、食べ物が必要な妖なんでしょ？』

レタスに視線を戻した直後に、自分の体の変化にはっと気付いた。

大好物のレタス。昨日、あれだけ美味しく食べたのが嘘みたいに、食べたいという気持ちがまったく湧かないのだ。体が確実に成体に近づいている。

きゅうっと胸を絞られるような息苦しさを感じながら、『僕もあんまりお腹が空いてないのでいいです』と、穂澄は顔を上げる。

『空いてない？　昨日の夜のレタス一枚でまだお腹が一杯ってこと？　どうなってるの、あんたのお腹』

驚く鈴ノ助に、穂澄はあいまいに笑った。

一杯というわけではない。野菜が主食でなくなってきているのだ。

淫兎は、成体になると食物ではなく精気を欲する。食物では生き延びられない。

近づく命の期限に、ぐうっと息が詰まった。

死ぬ覚悟はあるけれど、死にたいわけではないのだ。

『でも、その葉っぱ無駄にするのも勿体《もったい》ないわね』

『ですよね。――勿体ないからあそこに戻します』

『戻す？』

聞き返した鈴ノ助の前で、穂澄は冷蔵庫に顔を向けた。

――兎の姿では、あの箱の扉は開けられないから……。

穂澄は息を詰めた。

頭の中で「人型になれ」と念を込めた次の瞬間、穂澄の視界がぐんと上がる。

『ええっ！』

『ぎゃっ！』

目の前で叫び声が上がる。

鈴ノ助とネズが、目を丸くしてひっくり返る勢いで飛びのいていた。うつらうつらしていた釜爺が二匹の大声で目を覚まして、『ほうっ？』と妙な声を上げてガコッと蓋を鳴らす。

『穂澄、あんた、人になれるの⁉』

妖だけだった部屋に、ひとりの人間が現れていた。

高校生くらいの色白の少年。くりっとした瞳は兎の時と同じ空色。柔らかそうな髪の毛も兎の時の毛の色と同じ明るい茶色だ。そこに立つ二本の長い耳と、尾てい骨の上のふわふわの尻尾が、彼が妖だということを示している。

「はい。僕一応、淫兎なんで」

ええっ、と鈴ノ助が再度驚きの声を上げる。

『淫兎？　あの性悪の？　そんなことありえないわよ。あんた雄じゃない！』

「あ、そうなんです。なんでか雄なんですけど淫兎なんですよ。だから僕は役立たずで」

『ま、ままままま、まじ……？』

ネズはただでさえ丸い目を更に見開いて、まじまじと穂澄を見つめている。

『雄の淫兎なんて聞いたことないわよ。初めて見たわ……』

「ですよね。僕も、自分以外に会ったことありません」

へらっと笑った穂澄に毒気を抜かれたように、鈴ノ助が逆立った毛を収めた。

その横を抜けてすたすたと歩き、穂澄は冷蔵庫にレタスを入れる。

穂澄の尻の割れ目の少し上あたりでぴくぴくと動いている膨らんだ尻尾を眺め、鈴ノ助はぐるんと首を巡らせた。ムニュゥとよく分からない鳴き声を漏らす。

そんな鈴ノ助に、穂澄はくるりと振り向いた。

「鈴ノ助さん、おうちのことをお手伝いしたいんですけど、なにからすればいいですか？」

『お手伝い？』

「はい、昨日、ここに置いてもらう代わりに何でもやりますって僕言ったので」

穂澄は鈴ノ助の前にひょいとしゃがむ。

その途端に、鈴ノ助が驚いた様子でぴょんと飛びのいた。

『ああ、分かったわ。分かったから何か着なさい！　そんなすっぽんぽんでうろうろしないで！　目のやり場に困るのよ』

鈴ノ助は焦った様子で穂澄から目を逸《そ》らす。視線が低い鈴ノ助からは、目の前でしゃがみこんだ穂澄の股間《こかん》が丸見えなのだ。

「着るものなんて、持ってないです」

『六辻の服でも着なさい！』

「そんな、勝手に人の服を借りるなんてできません」

『ああもう。だったら、あたしが寝床で敷いているバスタオルを使っていいわよ。箪笥の上にあるから』

「ありがとうございます」

にっこりと笑った穂澄に、ネズがチュウと小さく鳴いた。チュチュチュッと呟きながら鈴ノ助の背中に飛び乗り、首を伸ばして穂澄を見上げる。

『そっか。可愛いと思ったら淫兎なのかあ。淫兎って美人ばっかりだもんね』

「そんな、僕なんて全然です。姉さまたちは、もう本当に可愛くて、色っぽいんですよ」

にこにこと笑いながら、穂澄は鈴ノ助の寝床の橙色のバスタオルを腰に巻きつける。

『いやいやいや、ほっちゃんもなかなかだよ』

鈴ノ助の首に乗ったままぶんぶんと首を振るネズに、穂澄は小さく眉を寄せて笑う。

「全然ダメです。淫兎は、人間の男の人を夢見心地にさせて精を貰って生きるんですけど、こんな男の体じゃそんなことできっこないって分かるでしょう？」

『――まあ、ね。あの淫兎ってやつは、本当に……ああもう、思い出すだけで腹立ってきたわ！』

穂澄がびくっと震える。

「あの、ごめんなさい。淫兎が昔、なにかご迷惑おかけしたんでしょうか」

明らかにおろおろしている穂澄を見て、鈴ノ助がふぅと息を吐いた。

『まあ、だとしても、あんたじゃないからいいわ。――ああそう、お手伝いね。だったら、せっかく使い勝手のいい大きな体があるんだし、存分に働いてもらおうかしら』

「はい、喜んで」と穂澄がやっと明るく笑った。


『窓開けて』

『六辻の布団干して』

『雑巾《ぞうきん》で高いところを拭《ふ》いて』

次々と仕事を言いつけられる。

そのたびに穂澄は、はい、はい、とやり方を聞きながら、ちょこまかと動いた。

『釜爺、ほっちゃん良く働くね。なかなかいい感じじゃない？』

『だな』

土鍋の中に避難しながら、ネズが感心したように言う。

釜爺もそれは異論ないようで、満足げに返事をする。首があったらきっと上下に動いていたに違いない。

『穂澄、次は洗濯！』

「はいっ」

体育会の上下関係のような様相を呈してきた部屋の中に、穂澄の威勢のいい声が響く。

「鈴ノ助さんっ、洗濯の方法を教えてくださいっ」

『まず洗濯ものを集める！　六辻の着替え、シーツ、水場の手ぬぐい。汚れてるものを集めたら、洗濯機に放り込む！　洗濯機はそれ、鼠色の大きな箱！』

「はいっ。集めました！　入れました！」

『洗剤を入れてスイッチを押す！　洗剤はここ、スプーンで一杯！』

「了解ですっ！　と言いたいんですけど、すいっちって何ですか！」

『これ、このボタン！』

「今度こそ了解です！」

洗面所に置いてある全自動洗濯機の蓋を閉めて、穂澄が言われるがままに緑色のボタンを押す。数秒して、グォンと音を立てて洗濯機が動き出した……途端に、穂澄が「ぎゃっ」と叫んで洗面所から飛び出した。

驚く鈴ノ助たちの前で、部屋の隅に駆け込んで、耳を引っ張ってぶるぶると震えだす。真っ青だ。

『な、何よっ』

慌てたのは鈴ノ助たちだ。

「——い、嫌な音が……。グオオオオン、グオオオオンって」

洗濯機の音だ。機械が奏でる人工的な音が苦手な妖は少なくない。ましてや穂澄は、音に敏感な兎だ。

「し、しかも、ぶるぶる揺れてますーっ」

『あんたのほうがよっぽど震えてるわよ』

「な、ななな、なんですか、あれ」

『洗、濯、機。勝手に洋服を洗ってくれる便利な道具よ』

「ゴゴゴゴゴッて言ってる……」

長い耳をぺしゃんと折り曲げて頭に押し付けて震える穂澄に、『ありゃまあ』とネズがため息まじりに呟いた。

『この様子じゃ、掃除機なんてかけたら気絶しそうだね』

『あー、まあ、そうね。掃除機はやめて、箒《ほうき》で掃いてもらうことにするわ』

『大丈夫？　ほっちゃん』

ネズが穂澄の足先まで来て心配気に見上げる。

『まあ、洗濯機が止まるまでは一旦休憩ね。そこで丸くなってて』

心臓がばくばくと音を立てている。喉《のど》が詰まって唾液《だえき》を呑《の》みこめない。

「は、――はい」

穂澄は震える声で返事をした。

――な、なにあれ。

穂澄が育った市民の森は駅前にあったので、電車や車の音には慣れているが、電化製品の音とは無縁だったのだ。草刈りは職員が鎌を使って行ったし、枝うちもチェーンソーではなく鉈《なた》や枝切り鋏《ばさみ》だった。

初めて耳にした電子音があまりに不快で、穂澄はぎゅうっと耳と目を閉じていたが、何十分もそうしていればやがて慣れてくる。そろそろと顔を上げるのと前後して、洗濯機が終了のブザーを鳴らした。

『はーい、終わったわよ穂澄。もう音は立てないから、洗濯機の蓋を開けて洗濯物を出して、外に干すのを手伝って』

「は、はい」

のろのろと立ち上がった穂澄は、洗濯機の中を覗きこんで感動の声を上げる。

「すごい、雑巾が白くなってる！」

『あんた、雑巾も入れたの？』

「はい、鈴ノ助さんが汚れてるものを入れるって言ったから、真っ先に入れました」

にこにこと返されて鈴ノ助が言葉を呑みこむ。

『ま、——まあ、いいわ。つまり洗濯機というのは、そういう汚れたものも、スイッチ一つで綺麗にしてくれる箱ってことよ』

「すっごいですね！　びっくりしました。こんなに凄《すご》いんだったら、音くらい我慢しなくちゃですね」

『そ、そうね』

「じゃあ僕、これ干しますね。あそこの窓の外の竿《さお》に掛ければいいんですよね」

『そう。……あ、ちょっと待って！　干す前に雑巾で竿拭いて！』

「え？　せっかく綺麗になったのに、その雑巾で？」

明らかに悲しそうな顔をした穂澄に、『雑巾はそういうものなの！』と鈴ノ助が返す。

「えー……？」

『つべこべ言わないで拭きなさい！　じゃないと、せっかく洗濯したほかのものが、竿の埃《ほこり》で全部汚れるのよ。それでもいいの？』

「はーい……」

それでも、ごめんね雑巾さん、と囁《ささや》きながら竿を拭く穂澄に鈴ノ助がため息をつき、ネズがにやにやと笑う。

『鈴さん、まるで悪者ですなぁ』

『うるさいわよ、ネズ』

『というか、なんか調子狂うわ。あの子、全然淫兎っぽくないんだもの』

『それも落ちこぼれの理由の一つなんじゃない？　淫兎はもっと強烈だからね』

『まあねぇ』

こそこそと話をする前で、穂澄は窓から身を乗り出して、洗濯物を竿に掛けている。まるで鼻歌でも歌いそうに気持ちよさそうな表情の穂澄に、ネズがチュウと小さく鳴いた。
『いい顔』
『まあねぇ』
『どうしましたさ、鈴さん。元気ないじゃん』
『なんか、——毒気ぬかれない？　あの子見てると』
『なーに言ってるんすか。鈴さんには最初から毒気なんかないですよ』
チュチュッと鳴いたネズを、鈴ノ助がべしっと押さえる。
『お調子者』
『ネズですから』
そんな会話を交わす先住の妖の耳に、外を歩く子供の声が届いた。
「ねえ、あの人裸ー。変なのー」
「耳あるよ。ウサギのお耳。お祭り行くの？」
がばっと身を起こして、鈴ノ助が穂澄に飛びかかる。
『ちょ、穂澄、ストップ！　引っ込んで！』
「でも、これだけ干したら終わりですよ」
『だったらそれ、早く干してー！』
部屋を見上げていた学校帰りの子供たちが、「あ、猫だ、猫」と喜んだ声を上げる。

『手を振らなくていいから、穂澄ーっ！』

「え？　可愛いじゃないですか」

『可愛いけど、可愛くても駄目ーっ』

部屋の中に引きずり込んではあはあと肩で息をしながら、鈴ノ助が『穂澄、あんた、人から見えちゃうの？』と焦った声で尋ねる。

「どっちでもできます。見えるようにすることも、見えないようにすることも。今は、干しものをするために、見せるほうで。じゃないと洗濯ものを摑めないし」

その言葉に、鈴ノ助とネズ、釜爺が顔を見合わせた。

『淫兎って、そんなに強い妖だったっけ？　人間に姿を見せられる妖って、かなり高位よ。しかも、見せる見せないを調整できるとか』

「僕はできるんです。姉さまたちは、夢の中以外で人に姿を見せることはできません。きっと僕は、外見の魅力の不足分がそっちに回ったんでしょうね」

にっこりして平然と返した穂澄に、ネズがチュウと鳴いた。

『すごいじゃん、ほっちゃん。そっかー、淫兎はおいらたちとは違うほうだったのかぁ』

妖には二種類ある。普通の動物として生まれたものが紆余《うよ》曲折を経て妖の力を得るようになったものと、生まれながらにして妖だったものだ。化け猫や化け鼠は前者にあたる。付喪神もいわば前者だ。一般的に前者よりも後者のほうが力が強い。

「違うかもしれないけど、全然すごくないですよー。僕、こんなんですし」

けらけらと笑い、穂澄は「鈴ノ助さん、次にやることはなんですか?」と尋ねた。

考え込んでいた鈴ノ助が、はっとしたようにぴっと耳を立てる。

『じゃ、じゃあ、——掃除してもらおうかしら。箒はこっちよ』

「はいっ」

穂澄の楽しそうな声が部屋に響いた。


そんなこんなで一日が終わり、夕方が訪れた。

部屋の中には、まったりとした空気が流れている。日が暮れたので、遊び火の兄弟も姿を現した。ネズは釜爺のなかで眠っている。

取り入れた洗濯物を、鈴ノ助に教わりながら穂澄が畳んでいると、カンカンカンと階段を上る音が聞こえた。

『六辻よ』と鈴ノ助が玄関に走る。

とくん、と穂澄の心臓が音を立てた。頭の中にふわっと六辻の笑顔が浮かび上がる。

やがて鍵が開けられる音が届き、ドアが開いた。

スーツ姿の六辻が姿を現す。朝のふらふらの様子とは見違えるようにしゃんとしていて、その姿に穂澄は目を瞬いた。素直に格好いいと思う。

ニャアと鈴ノ助が鳴く声に被《かぶ》せて六辻は「ただいま」と返す。靴を脱いで部屋に上がりかけ、――彼は動きを止めた。一瞬で部屋に緊張が満ちる。

その目は、ちゃぶ台の前に座り、洗濯物を畳んでいる半裸の見知らぬ人物に向いていた。黒い瞳は、思わず息を呑むくらいに厳しい。

「――誰、だ」

「あっ！」と穂澄が声を上げた。

「すみません、穂澄ですっ」

人の姿で一日過ごし、誰にとってもそれが普通になってしまっていたので、六辻が怪しがるというところまで考えが至らなかったのだ。

「穂澄？　兎の？」

「はいっ、穂澄ですっ」

穂澄は慌てて念を込める。人の姿が一瞬で消え失《う》せ、小さな一匹の兎が現れた。

六辻の目が驚きで丸くなる。

『このとおり兎の穂澄です。洗濯や掃除をするのに、人の姿のほうが便利だったから』

六辻の足元にいる鈴ノ助が、慌てて助け船を出す。

『六辻、部屋の中を見て。綺麗になったでしょ。穂澄がぜーんぶ掃き掃除して、洗濯もしてくれたのよ。ね、すごいでしょ』

鈴ノ助の言葉に、穂澄は自分が今していたことを思いだした。

『あっ、でも、洗濯物がまだ畳み終わってないんですっ。すぐやります』

兎の穂澄はまた一瞬で人型に戻り、……その穂澄を見た鈴ノ助が焦った声で『タオル巻いてーっ』と叫ぶ。兎に戻った時に体が抜けてしまった橙色のバスタオルは、穂澄の足元に落ちていた。すっぽんぽんだ。

「えっ、あああっ」

一気に全身真っ赤になって床にしゃがみ、おたおたしながらタオルで腰を隠した穂澄に、六辻がくっと吹き出した。そのまま、ははっ、と声に出して笑いだす。

六辻は畳に上がり、畳んであった洗濯物からTシャツと短パンを取りあげて、真っ赤になってうずくまっている穂澄の背に落とした。

「これ着ていいぞ」

「──ありがとうございます」

「意外とウブな鈴ノ助が恥ずかしがってるから、早く着てやれ」

「あ、はい」

小さくて痩《や》せっぽちの穂澄には、六辻の服はだぼだぼと言えるくらいに大きかった。せっかく短パンも穿《は》いたのに、シャツの裾《すそ》で隠れてしまうくらいだ。それでも人心地ついて、へらっと穂澄は笑う。

「あったかいです」

「そうか」

六辻はぽんと穂澄の頭を撫でる。凜々しい目が優しそうに細くなっている。

「ただの兎の妖かと思っていたら、化け兎か。人になれるとは思わなかった」

――化け兎じゃなくて淫兎なんだけどな。

化け兎と淫兎は似ているが全く否なるものだ。化け兎は、強い念を持った兎が妖の力を後天的に得たものだが、淫兎は生まれながらの妖だ。そのため、化け兎は獣だった時の習性もあり、比較的楽に人間たちの世界に溶け込むが、妖は様々な独特の制約があり、時と場合によってはとても生きにくい。淫兎には雌しかおらず、成体になると精気しか餌にできないというのも、その一つだ。

きっと、雄だから化け兎だと思ったのだろう。あえて訂正する必要もないと思い、穂澄はただ微笑んだ。

『すごいのよ、姿を見せることも隠すこともできるんですって』

「へえ。昨日、手伝いでもなんでもするって言っていたから、小さい兎がどうする気かと思ったら、こういうことだったんだな」

穂澄は感心したような六辻の口調に嬉しくなりながら、彼が部屋に入って来た時に見せた

厳しい表情を思い出してぶるっと震える。別人かと思うほど怖かった。

――あんな顔もできるんだ。

だけどそれは、不思議とあの深すぎる漆黒の瞳には似合っているような気がした。

スーツを脱いでハンガーに掛け、部屋着のスウェットに着替えた六辻は、通勤用の鞄からがさがさとビニール袋を取り出す。

『なに？』

「夕飯。仕事先で出た弁当の余りを貰ってきた」

袋の中は、小ぶりなパック。赤飯と山菜おこわのおにぎりが一つずつと、唐揚げが二つ、たくあんが数枚。

『こんなのじゃ足りないわよ。いつものお弁当買ってきたら？』

「どうせ寝るだけだから、これで十分だ。どうした？　のり弁は揚げ物だらけだから体に悪いとかいつも言ってるくせに」

からかうように言われて、鈴ノ助が不満げに耳を伏せる。

『それは、ちゃんとした栄養を取ったうえでの話。六辻は食べ物に無頓着《むとんちゃく》すぎるのよ。人間なんだからね？　あたしたちみたいな妖とは丈夫さが違うんだからね？』

「わかった、わかった」と言いながら、六辻は「食うか？」と唐揚げを鈴ノ助の前に差し出した。

『食べない！　六辻が食べなさい』

「そうか、じゃあネズ食べるか？」

『食べるー！』

釜爺の中から飛び出してきた白い鼠に、『あんたは少し遠慮しなさいっ』と鈴ノ助が吼《ほ》える。

『いいじゃん、六辻さんがくれるって言ってるんだから』

六辻の箸の先の唐揚げを素早く咥えると、ネズはちゃぶ台の下に入り込んでごちそうに舌なめずりをする。

『ネズに食べさせるんだったら、あたしだって食べるわよ。半分寄こしなさい』

そこに乱入するのは鈴ノ助。

『やだーっ、鈴さん、いらないって言ったじゃん！　あ、ごめん、ほっちゃんも食べたかった？　ほっちゃんならあげる』

「いえ、僕は大丈夫です」

ほわっと笑った穂澄に、「だったらこれやるよ」と六辻がたくあんを差し出す。

「――ありがとうございます」

本当は全然お腹が空いてなかったし、人間の食べ物はしょっぱいって分かってたからあまりそそられなかったけど、六辻の笑顔が嬉しくて、穂澄は手のひらを出した。

「手が汚れるから口開けな」

「あ、はい」

あーんと開けた穂澄の口に、たくあんが落とされる。

それは思ったよりも甘くて、穂澄はなんだか嬉しくなった。

「部屋、本当に綺麗になったな。洗濯もしてくれたんだな。助かるよ」

思いがけない六辻の言葉に、穂澄は空色の瞳を瞬いた。とくんと心臓が音を立てる。

「――僕、役に立ってますか？」

六辻が返事をする前に、『もちろんよ！』と鈴ノ助が力を込めて答えた。

『これまで何がもどかしかったかって、あたしたちは動物とか土鍋とかだから、なんにも家のことができないことだったのよ。それを穂澄は今日、片っ端からやってくれたのよ。大助かりよ！　ねえ、釜爺、ネズ』

『そうだよー！』と返事をするネズの横で釜爺がカタカタと蓋を鳴らしている。

予想外に盛大に褒められて、穂澄の頬がじわじわと赤くなっていく。

市民の森で暮らしていた時、穂澄は姉たちに一度も役に立つなんて言ってもらえたことはなかった。穂澄はいつも面倒を見られる側で、世話ばかりかけていたから。

戸惑って瞬《まばた》きを繰り返している穂澄にくすりと笑い、六辻がぽんと頭に手を置いた。

「すごく助かったよ、ありがとう」

ぶわっと体が熱くなった。

――嬉しい。こんな僕でも、役に立つことができたんだ。

どきどきして、自分が首まで真っ赤になっているのが分かる。

「明日も、――頑張りますね」

穂澄は照れながら笑った。

「頼んだよ。明日は夜勤だから、戻ってくるのは明後日《あさって》の昼過ぎになるけど」

「はい。お留守番しておきます」

ちゃぶ台の下では、鈴ノ助とネズが唐揚げを巡って攻防を繰り広げている。

釜爺は『やれいやれい』と二匹に茶々を入れて蓋を鳴らし、遊び火の兄弟は我関せずで追いかけっこをしている。目の前には、赤飯のおにぎりを食べる六辻。

賑《にぎ》やかな不思議な空間。

役に立つと言ってもらった途端、景色が変わった気がした。

――これまで、男性の人型になれたって何の役にも立たないと思っていたけど……。

穂澄は生まれて初めて、自分に人の姿を取れる力があって良かったと思った。

ほかほかと全身が温かかった。

◆

穂澄はまじまじと鏡を覗き込む。

小さな顔に、くりんとした大きな空色の瞳。サクランボみたいな色の唇。兎の毛のようなふわふわの茶色い髪が子供っぽい輪郭を覆い、頭には長い茶色の耳。内側の縁だけが少し白い毛が混じっている。

——こんな姿なんだ。

市民の森で育った穂澄は、自分が人になったときの姿を見たことがなかった。鏡がないこともあったが、そもそも森の中では人間になる機会も必要もない。

——姉さまたちと全く違う。

落胆して、はふっとため息をつく。

穂澄の姉兎たちの人間姿は、本当に、人形のように可愛らしくて、あるいは妖艶《ようえん》で魅力的なのだ。それと比べたら、穂澄なんてまるでこけしだ。色っぽさの欠片《かけら》もない。

昨日、ネズがさんざん可愛いと言ってくれたので、少し期待したりもしたのだが、想像以上に魅力なしだったと穂澄は凹《へこ》む。こんな姿じゃ、人間の男性を誘惑して精気を貰うなんて夢のまた夢だ。

でも、と穂澄は顔を上げた。

——僕でも役に立てることはあったんだ。

人の姿になれるのは、ここでは穂澄だけ。鈴ノ助や釜爺とかの先住妖を助けるのに、外見の魅力は関係ない。精一杯仕事しろ、と穂澄は自分に活を入れる。

昨日の様子では、穂澄が手伝えることはまだありそうだ。鈴ノ助が、やってもらいたいことを指折り数えて、その中から優先順位を付けて穂澄に伝えていたから。

自分はいずれ霧になって消える。そんな場面を見せて悪い思い出を与えるような迷惑をかけたくないから、穂澄は早々にこの場所を去るつもりだったが、やれることをすべてやってからここを去るのが、温かく迎え入れて「役に立つ」なんて嬉しい言葉をくれたここの住人たちに対する恩返しだと穂澄は心に決める。

「……よし！」

穂澄はぐっと洗面台の縁を握った。

鏡の中の自分に頷いてから振り返る。

「鈴ノ助さん、今日はなにをやりますか？」

洗面所の扉の向こうから、鈴ノ助がひょいと顔を出した。にまーっと笑う。

『やる気ね、穂澄。やってもらいたいことは、いーっぱいあるわよ』

「片っ端から言ってください。僕、なんでもやります！」

それからは、まさに怒濤《どとう》の一日だった。

前日同様の洗濯と掃除に加えて、カーテンのほつれを直したり、障子の穴を塞《ふさ》いだり、食器棚の中を整理したり、鈴ノ助の要求は一気にエスカレートした。市民の森でのんびりと暮らしていた穂澄には初めてのことばかりで、本気で知恵熱を出しそうな勢いだったが、持ち前の好奇心の強さと手先の器用さでなんとか難関をクリアして夜を迎える。

『穂澄がいると、部屋の明かりが点《つ》けられていいわー』

鈴ノ助が畳の上で伸びをした。

聞けば、六辻が夜勤の今日のような夜は、誰も電灯のスイッチを入れられないために、真っ暗なまま過ごしていたのだと言う。

『エアコンも入れられるし、新鮮な水道の水も飲めるし、もう本当に最高よー』

『文明に毒されておるのう。日の出とともに動き出し、日の入りとともに床に入るのが本来の生活じゃ』

『釜爺、古いわよ。今は二十一世紀。釜爺が生きていた時代とは違うんだから』

「釜爺さん、いつから生きてるんですか？」

尋ねた穂澄に、釜爺は『むかーし昔、遥か昔じゃ』とふざけた口調で答える。

『まあ、どっちにしても、今日は六辻も帰ってこないんだから、さっさと寝たほうがいいわね。穂澄、六辻の布団で寝るの？』

「まさかとんでもない。僕は部屋の隅っこで兎に戻って寝ます」

『了解。じゃあ寝ましょうか』

鈴ノ助の話題転換が、釜爺から話を逸らすためだったと気づいたのは部屋が暗くなって静まり返ってから。鈴ノ助は、傍若無人に見えながら、こうやっていつもあちこちに気遣っている。

ネズも釜爺もそうだ。ここがこんなに居心地がいいのは、みんなが少しずつ相手を気遣って仲良くしているからだと穂澄は気づいていた。

——ほんと、いい妖さんたちだなあ。

目を閉じてくすりと笑う。

同時に、姉たちを思い出し、その途端にちくりと胸が痛んだ。

出来損ないで役立たずの穂澄を、いつも厳しく優しく守ってくれた姉兎たち。淫兎になにやら因縁があるらしい鈴ノ助は嫌がるだろうが、鈴ノ助の姉御肌は彼女たちを思い出させる。

——姉さまたち、心配してるだろうな。

成体になり、それぞれに術者を見つけて契約を交わした七人の姉たちは、忙しさの合間を縫って林に穂澄の様子を見に来た。だいたい一ヵ月に一度来られるか来られないかの頻度だったから、多分今頃、更地になってしまった林を見つけて仰天しているに違いない。

本音を言えば、もう自分を探さないでほしい。穂澄は成体になったら、大人しく消えるつもりだから。

——式神になって誰かを傷つけてまで生きたくない。

それだけは譲れない。

この本心を、姉たちに告げられなかった自分が悪いのだと穂澄は分かっている。それは、式神になって生き延びている彼女たちを傷つけたくないという穂澄の気遣いでもあったのだが、同時に、言っても絶対に納得してもらえないと諦めているからでもあった。なにせ穂澄は、姉たちに一度も口で勝てたことがないのだ。

でも、姉たちに心配をかけているのは、素直に申し訳ないと思った。

だから、心の中で謝る。

――姉さま、ごめんなさい。でも、僕は大丈夫です。元気です。

姉たちに語りかけてから訂正する。

――ちょっと違うな。……姉さま、僕は楽しくやっています。

必ずしも元気とは言い切れない。大好物だったレタスが、もう美味しく感じられない。日に日に食べ物から栄養を取りにくい体になっているのだ。

――あとどれくらい生きられるかな。

覚悟はしているが、それを考えると、いつもぞくっと全身が冷たくなる。

――明日。明日は六辻さんが帰ってくる。明日も頑張ろう。

動けるうちに、人間になれる穂澄にしかできないことを全部やっていくんだ、と夜闇の中で穂澄はぎゅっと小さな手に力を込めた。

「ほら、土産《みやげ》」

「え？　僕に？」

翌日の昼過ぎ、夜勤から帰ってきた六辻が穂澄に手渡したのはデパートの紙袋だった。中から出てきたのは、今風の高校生っぽいひと揃《そろ》えの洋服。

『すごいじゃない、穂澄』

「あ、ありがとうございます。びっくりしました」

穂澄は戸惑いながら六辻を見上げた。

家事をひととおり終えたら、――早ければ今日の夜にでもこっそりと去るつもりだったのに、思いがけないストッパーが発生してしまった。こんなことまでされてしまっては、着ないうちにあっさりと消えることもできない。

「よく分からなかったから、仕事帰りにデパートに寄って、マネキンが着ていたのを一式そのまま買ってきたんだ。着てみな」

六辻は、少し困ったように眉を寄せて笑っていた。

その表情は、いかにも慣れないことをした照れくささが満面に出ていて、そこまでして自分に服を買ってくれた六辻の気持ちに素直に嬉しくなる。きゅんとした。

「はい」と穂澄も笑い、どきどきしながら、その場で服を身に着ける。

分からないところは六辻や鈴ノ助が教えてくれた。膝下《ひざした》までのカーキ色のズボンに、クリーム色のカットソー、羽織るためのチェックのシャツ。靴下《くつした》とスニーカーまである。

『すっごい、ほっちゃん、さいこーに似合ってる』

ネズが興奮してくるくると走り回り、『ネズ、うるさい』と鈴ノ助にべしゃっと押さえつけられるのはいつものとおり。

最後に出てきたのは、ふんわりと膨らんだ帽子だった。

「帽子まで？」

「外に出るのに、その長い耳を出しっぱなしにはできないだろ？　実を言うと、その帽子を探すのが一番大変だった。どんな帽子と聞かれて、耳が入るようなものとか言えないし」

『そりゃそーだ』とネズがチューチューと笑う。

「かぶってみな」

ぽふんと六辻に被せられて、もぞもぞと耳を押し込む。

『おーっ、完璧だよ、ほっちゃん！』

くるくると走り回るネズを、なぜか今度は鈴ノ助は押さえつけなかった。

代わりに『これで外に行けるわね』とにんまりと笑う。

「ま、機会があったらな。念のためだ。似合ってよかった」

困ったな、どうしようと思いながらも、彼の気持ちは本当に嬉しい。

六辻に笑顔を向けられて穂澄は顔を赤くして笑った。

その翌朝だった。

毎度のごとく大合奏で六辻を送り出した後、階段を下りる足音が消えるのを待って、鈴ノ助がニャーッと大きく鳴いた。

『集合ーっ!』

『なにー、鈴さん』

『なんじゃ、鈴の字よ』

もうひと寝入りしようとしていたネズが、顔を撫でながら釜爺の中から出てくる。

『さあみんな、念願の計画を実行に移すわよ』

鈴ノ助は張り切って興奮している。

『念願の計画? もしかしてあれか?』

『そうよ、あれ』

『あれかぁ!』

眠気が覚めたネズがぴょんと首を撥ね上げた。遊び火も理解しているようで、くるくると天井近くで楽しそうに飛び回っている。

理解していないのは、どうやら穂澄だけのようだった。

『――あれって、なんですか……？』

鈴ノ助がにんまりと笑った。

『六辻にまともなものを食べさせよう計画』

『……はい？』

『六辻ね、見ての通り、食事にものすごーく無頓着なのよ。夕飯は毎晩必ず弁当屋さんののり弁。朝は食べない。あたしがここに来た時から何年もずーっとそうよ。野菜は弁当に入っているきんぴらごぼうと漬物だけ。そんなの体にいいはずないじゃない？』

分かるわよね？　と正面から見つめられて、穂澄は慌てて頷いた。

『で、あたしたちはずーっと六辻にまともな食べ物を食べさせたいと思っていたわけ。でも、動物の姿にしかなれないあたしたちは食材を買いに行くこともできない。付喪神の釜爺やかまど神、遊び火は論外。だけど、人の姿になって、しかも、姿を見せられる穂澄なら買い物に行けるのよ。しかも昨日、六辻がおあつらえ向きに洋服まで買ってきてくれた！　最高よ、もう！』

『ええっ？　僕ですか？』

鈴ノ助の言葉に、穂澄は飛び上がる。耳はぺったんこだ。

『僕、買い物なんてしたことがありません！』

『おいらが付いていくよ。まかせて！』

チュウッとネズが片目を閉じる。

『りょ、料理だって……』

『あたしが教えられる。釜爺とかまど神もいるし、心配ないわ。穂澄は、あたしたちが言う通りに手を動かすだけ。穂澄は結構器用だから大丈夫、なんとかなるわよ』

後ずさった穂澄に、鈴ノ助がにじり寄る。

『お願い。六辻にちゃんとしたものを食べさせたいって言うのは、あたしたちの長年の願いだったのよ。協力して。これは、穂澄の協力なしには実行できないことなの』

真摯《しんし》な言葉だった。

釜爺とネズ、遊び火の兄弟も珍しく黙って、じっと穂澄を見つめている。

彼らが六辻を好きで仕方ないことは、穂澄に分かっている。きっと本当に、六辻になにか恩返しがしたくて、でも何もできなくて、悶々《もんもん》としていたのだろう。

それに気付いてしまったら、とても断ることなんてできない。

――これも、僕じゃないとできないことなのだとしたら……。

ぐっと息を止めて自分に気合を入れてから、穂澄はゆっくりと口を開く。

『――はい。協力します』

『ありがとう!』

鈴ノ助が喜んで飛び上がった。

一日はあっという間に過ぎた。

部屋の外では、もう夕焼けが広がっている。

六辻の部屋では、美味しそうな匂いが漂っていた。野菜がたっぷりの豚汁に鯖《さば》の煮つけ、大根の葉の浅漬け。張り切ってガス台に腰を据えた釜爺からは、炊き立てのご飯のいい匂いが漏れ出してきている。

『鈴の字や、もう炊けるぞい』

『はいはーい』

鈴ノ助の声も弾んでいる。

穂澄はその声を、人間の姿のまま畳の上に両足を投げ出して座って聞いていた。

まさに疲労困憊《こんぱい》だ。買い物に行くのも初めてならば、料理をするのももちろん初体験、包丁を握るのも怖くてかたかたと手が震えるのを鈴ノ助に叱《しか》られ励まされながらの半日は、まるで嵐のようだった。

しかし鈴ノ助は容赦がない。

『穂澄ー、茶碗《ちゃわん》と箸を並べてー』と穂澄を呼ぶ。

これも穂澄しかできないことだ。穂澄は「はーい」と立ち上がった。鈴ノ助の指示通りに皿を取り出し、割り箸をちゃぶ台に並べる。

ちょうどそのとき、まるで見計らったかのように六辻が階段を上る足音が聞こえた。

『六辻よ！』

鈴ノ助とネズが玄関に走る。

穂澄の心臓がどきんと跳ねた。

この部屋の妖たちは、六辻は喜んでくれるはずと自信満々だが、穂澄は六辻がどんな反応をするか不安で一杯だ。料理がうまくできたのかどうか、兎の味覚の自分では分からないし、それ以前に、料理したことを叱られるかもしれない。

ドアが開くと同時に、『お帰りなさーい！』と鈴ノ助とネズの大声が響き渡る。

いつになくテンション高く迎えられて、六辻が驚いた顔をした。スーツ姿のまま動きを止め、そしてすぐに、室内に漂う香りに気づいて顔を上げる。

「食べ物の匂い？」

『気づいた？　気づいた？』

待ちきれない様子で鈴ノ助がニャーニャーと六辻の足元にすり寄る。

大人しく反応を待てばいいのに、我慢できないのが鈴ノ助だ。

『みんなで六辻のためにご飯を作ったのよ。豚汁とお魚と小鉢と、ご飯はなんと、釜爺が炊きましたー！』と全部自分から暴露してしまう。

『どう、どう？　すごいでしょ』

台所に入って豚汁と煮つけの鍋を覗き込んだ六辻は、呆気に取られた様子で目を丸くした。

「――びっくりした。すごいな、本格的じゃないか」

『でしょ？　いい匂いでしょ？』

「ああ」

その言葉に、穂澄の心臓がとくりと音を立てる。不安が嬉しさに代わって、疲れが吹っ飛んだ。垂れていた耳が半ばまで持ち上がって揺れる。

『でしょう。六辻がいっつものり弁ばっかり食べているから、いつかちゃんとしたご飯を食べてもらおうって、ずーっとみんなで機会を探してたの』

『ほっちゃんが、買い物に行って、料理してくれたんだよ』

チュー―ッとネズが鈴ノ助の頭の上まで駆け上って、その上で主張する。

六辻の視線が、部屋の端で立っていた穂澄に向いた。

「穂澄が作ったのか。すごいな。なんでもできるんだな」

見つめられてどきりとした。嬉しさで顔が熱くなるのが自分でも分かる。

「い、いえ。僕は手を動かしただけで、作り方を教えてくれたのは鈴ノ助さんとかネズさん、釜爺さんです。火の調節をしてくれたのはかまど神さん」

早口に答える穂澄に、六辻が目を細めてくすりと笑った。

「すごいな、みんな。ありがとう」

部屋を見渡した六辻の瞳は優しい。その横顔にとくとくと心臓が音を立てる。自分は、本当にこの笑顔が好きなんだと改めて穂澄は思った。

『食べて食べて。釜爺のお米もすぐに炊き上がるから。穂澄は豚汁の鍋を火にかけて温め直して』

「はいっ」

穂澄はにこにこしながら、跳ねるように台所に向かう。

だがその後ろ姿に、六辻が「ちょっと待って」とストップを掛けた。

「穂澄、この食材はどうしたんだ？」

「お店で買ってきました」

振り返って答える。

「店で？」

「はい。僕はお買い物とか初めてだったので、ここにネズさんを入れて付いてきてもらって」

とシャツの胸ポケットをちょいと広げる。

「金は？」

「鈴ノ助さんに貰いました」

「鈴ノ助？」

六辻の顔が鈴ノ助に向く。

あれだけはしゃいでいた鈴ノ助が、なぜかバツの悪い様子に一変していた。背を丸め、耳を伏せて上目づかいに六辻を見上げている。ネズも、鈴ノ助の体の陰で小さくなっていた。

「鈴ノ助。金はどうしたんだ？　俺はこの部屋には現金はほとんど置いてなかったはずだけど」

いきなり六辻の声が厳しくなって、穂澄はどきりとする。

『――えーと……』

鈴ノ助が目を逸らした。

「鈴ノ助。ネズ」

一段と厳しくなった六辻の声に、穂澄の浮かれた気持ちがぺちゃんと潰れた。眉を寄せて鈴ノ助たちを見据える六辻の瞳は、黒が深くなって怖い。

鈴ノ助が、そろそろと口を開く。

『えーと、葉っぱを、ちょいちょいと……』

はあっ、と六辻がため息をついた。

「葉っぱをお札に変えたのか」

『……うん』

「それをしてはいけないと何度も言っただろ、鈴ノ助」

鈴ノ助は答えない。目を逸らしたまま耳も伏せて畳の上で丸くなっている。

「幾らだ？」

『一万円……』

「一枚？」

『……うん』

鈴ノ助の声は泣きそうだ。台所の釜爺も静かになっている。

六辻は、くしゃっと自分の髪を掻《か》き混ぜた。顔を顰《しか》めてゆっくりと息を吐く。

「穂澄」

おろおろして壁際に立っていた穂澄は、どきりとして顔を上げた。

「どの店に行ったか覚えてるか？」

「あ、はい」

「行こう。一緒に来て」

「え？　あ……」

鞄の中から財布を出して踵《きびす》を返した六辻に、穂澄は慌てて駆け寄った。

六辻について部屋を出る時に振り返る。

小さく丸まったままの鈴ノ助とネズに、ぎゅっと胸が痛くなった。

「穂澄、どのレジだった？」

「あれです」

駅前のスーパーに到着するとすぐに、六辻は穂澄が支払いをしたレジに向かった。

「ちょっとここで待ってて」

穂澄を荷詰台の横に待たせ、六辻は一人でレジに歩いていく。

夕方のスーパーの中は、相変わらず寒いうえに穂澄がネズと一緒に昼過ぎに来た時とは比較にならないくらい人が多くなっていた。圧迫感にじわりと背中が湿る。

林で暮らしていた穂澄は、こんなにたくさんの人に囲まれたことはない。喧騒《けんそう》は、苦手を通り越して恐怖だ。昼に来たときだって、あまりに大勢の人の姿にどきどきしながら、ネズに励まされてなんとか買い物を終えたのだ。

人混《ひとご》みも怖いし、不機嫌な六辻も怖い。

あんなに萎《しお》れた鈴ノ助も初めて見た。

楽しかった雰囲気が一瞬で逆転したのだ。きりきりと胸が痛くて、穂澄は目をこすった。

帽子の中で耳はぺちゃんと垂れている。

顔を上げたら、こっちを振り返ったレジの中の女性と目が合った。彼女は、穂澄が支払いをした時と同じ女性だった。蝶の形をした水色のピアスが綺麗だったから、よく覚えている。

彼女は明らかに狼狽《ろうばい》しているようだった。穂澄から目を離し、六辻に顔を戻す。

穂澄は耳を澄ました。帽子の中に押し込んでいるせいで聞こえは鈍いが、聞きとれないほどではない。

「――あの、すみません。今、葉っぱと仰《おっしゃ》いましたか？」

「はい。申し訳ありません。俺の弟が間違えて葉っぱを渡してしまったようで」

「葉っぱ……ですか？」

戸惑った声。

「ええ、あの子です。見覚えありますか？」

「ああ、はい。外国人みたいな綺麗な子だったので……」

「すみません、騙《だま》されたと思ってレジの中を確認していただけますか？」

「――ええと、はい」

プレートを立てて客の列を終わらせて、彼女がレジを開ける。

一万円札の束を確認すると、本当に一枚の柊《ひいらぎ》の葉っぱが出てきた。彼女は呆気にとられて、大きめの緑の葉を手に取って見つめている。

――本当に葉っぱだ。

穂澄も驚いて目を瞬いた。穂澄が鈴ノ助から受け取って自分のポケットに入れ、レジの女性に渡したものは確かに紙でできた紙幣だったはずだ。あんな柊の葉っぱではなかった。それだったらさすがに穂澄でも気付く。

「本当に申し訳ありませんでした。この一万円と差し替えていただけますか」

「あ、はい。いえ、ちょ、ちょっと待ってください。枚数を、現金を確認しますので。いやあの、紛れ込んだならともかく、これを一万円と間違えて受け取るというのはさすがにあり得ない気がするので」

彼女は、六辻が差し出した一万円を手のひらで押し返し、慌てた口調で遮った。しどろもどろだ。

だが六辻は、彼女に強引に一万円を押し付ける。

「もし一万円多かったら、あそこにある募金箱に入れてください。お願いします」

「あ、あの……」

そして、彼女の返事を待たずに、六辻は「帰ろう」と穂澄の腕をひいた。

「え、おしまい?」

「ああ。あっちから店長らしき人がこっちを見てる。大ごとになると彼女が気の毒だ。一万円と間違えて葉っぱを受け取りましたなんてとても言えないだろ? 店長が来る前に去ろう」

「あ、……はい」

小声で喋る六辻に腕をひかれて、スーパーを出る。

これで人工的な冷気から逃れられると少しほっとしたが、夏の夕暮れの生あたたかい空気に包まれてもまだ寒気がして、穂澄はぶるっと震えた。スーパーの冷気が体に沁《し》み込んでしまったのだろうかと思う。

穂澄の震えが手から伝わったのか、「どうした?」と六辻が振り返った。

その声はさっきほど怒っているようには聞こえなくて、穂澄はちらりと六辻を見上げる。

顔もそんなに怖くない。瞳の色も普通に戻っている。ちょっと安心して肩の力が抜けた。

「あのお店、なんだかものすごく寒くて。すごくにぎやかだったし、人も多くて怖かったんです。お店を出たらいつもの草とか土の匂いがして、なんだかほっとしました」

いかにも安堵《あんど》したように胸を押さえて答える穂澄に、六辻がふっと表情を和らげた。

大きく息を吸って吐き、ぽんと穂澄の頭に手を置く。

「そんなに苦手なのに、頑張って買い物に行ってくれたのか」

声が明らかに柔らかくなっていた。重かった穂澄の足が軽くなる。

「ネズさんがね、ずっと一緒にいてくれたから」

心まで楽になって、微笑みながら穂澄は答える。

「ネズさん、すごく物知りなんですよ。どういう大根が瑞々《みずみず》しくて美味しいとか、新鮮なネギの見分け方とか、美味しい魚の切り身の選び方とか、全部教えてくれました」

「まあ、ネズはな。食べ物漁《あさ》りの名人だから」

歩きながら、ふっと六辻が笑う。

——あ、笑った。

やっと見ることができた笑顔に、ほわっと体が温かくなる。

「それに僕が、壁にずらーっと高く並んだものが怖いって言ったら、地震でもこない限り崩れないから安心しろって強く言ってくれたりして」

「確かに。ネズは、狭いところを潜り抜けるのはお手の物だからな」

六辻の声はもう怒ってはいない。

穂澄は一瞬ためらってから、勇気を振り絞って口を開いた。

「――あと、鈴ノ助さんも、……料理とかすごく良く知ってるんです。僕、包丁とか使うの初めてだったんですけど、『左手は猫の手！』とか、使い方から教えてくれて。お醤油《しょうゆ》とか、味醂《みりん》とかお砂糖とか、料理って色々なものを使って作るんですね」

どきどきしながら鈴ノ助のフォローをする。

頭に浮かんだのは、昼間、張り切って六辻のために動き回っていた鈴ノ助の姿。そして、六辻に叱られて小さくなって萎れた姿。

「そうか、鈴ノ助も猫のくせに物知りだからな」

鈴ノ助の話題を出しても六辻の口調は変わらなかった。

穂澄は心からほっとして、六辻の顔を下から覗きこむ。

「――あの、六辻さん」

「なんだ？」

「鈴ノ助さん、お金のことは悪いことだったと思うんですけど、……六辻さんのこと、すっごく大好きで、お弁当ばっかりの六辻さんを心配して、体にいい物を食べてもらいたくて一生懸命だったんです。だから……」

言葉に詰まった穂澄に、六辻がふっと笑った。

「あまり怒るなってか？」

「……はい。できれば」

六辻は更に目を細めて、ぽんと穂澄の帽子の頭を撫でた。

「分かってるよ」とさっぱりした口調で言う。

「分かってるんだけどな、鈴ノ助には、駄目なことは駄目だと強く言ってやらないと。前にもそれで身を滅ぼしかけたんだ。鈴ノ助は時々ストップをかけないと暴走するんだよ」

「暴走？」

「鈴ノ助、強いだろ？　口も達者だし。一度言い出すと聞かなかったりしないか？」

「あ、分かり……」

はっとして口を押さえた穂澄に、六辻がくっと笑った。

「なに口を押さえてるんだよ。大丈夫、鈴ノ助に、穂澄が告げ口したなんて言わないから」

と六辻がからかうように穂澄の頭をつつく。

口を押さえたまま、穂澄はバツが悪そうに六辻を見上げた。

「でも、言葉は怖いよ、ってよく姉さまたちに言われたから。言霊《ことだま》は口から出た途端に生き物になって勝手に動き出すから気をつけろって。特に、悪い言葉はできるだけ口に出すなって」

その言葉に、六辻は目を瞬いた。そして、黒い瞳を優しく細めてふっと笑う。

「言霊か。確かにそうだ。——いい姉さんたちだな」

「はい」

姉を褒められて嬉しくて、穂澄の表情が和らいだ。

「その彼女たちはどうしたんだ？」

「みんな、術者と契約して巣を出て行きました」

六辻の動きが一瞬ぶれた。

「……契約。そうか、人型を取れるほどの妖だったら契約もありなんだな」

穂澄は驚いて顔を上げた。

普通の人が、妖と術者の間で結ぶ「契約」を知っているはずがない。「契約」を知っているのは、その世界に属する人間だけだ。

「六辻さん、契約って言って分かるんですか？」

「分かるよ」

「なんで……？」

六辻は答えないで、ふっと目を逸らした。

これは拒絶だ。答えたくないという気配を感じ取って穂澄も口を閉じたその直後、突然六辻が歩みを止めた。斜め後ろを歩いていた穂澄は、その肩に体をぶつけてしまう。

「六辻さん？」

見上げてどきりとする。六辻は表情を一変させ、剣呑《けんのん》な表情で正面を凝視していた。

視線の先を追い、穂澄は目を眇《すが》める。

駅前の人混みの中に一人の壮年の男性がいた。彼がその相手だと分かったのは、彼も六辻を見ていたからだ。その人も、六辻と同じ怖いほど黒い瞳をしていた。

そして、――穂澄は目をこする。彼の横には、人型の妖がいた。長い髪を結い上げ、白い着物に白い袴《はかま》を身にまとって静かにこっちを見ている。その手首には紺色の組み紐《ひも》が結ばれ、端を男性の手が巻いて握っていた。

「六辻じゃないか」

話しかけられても、六辻は答えない。

彼は、立ち止まったままの六辻に歩み寄り、じろじろと穂澄を上から下まで舐《な》めるように見た。嘲《あざけ》るような視線に、穂澄の心臓がどきどきと音を立てはじめる。

「とうとう諦めて式神を作ったのか？」

「違います」と即座に答えた六辻の声は、鋼のように硬くて冷たかった。

「この子は式神なんかじゃありません。道端で倒れていたのを保護した化け兎です」

「そうみたいだな。紐も付けていない」

男性は、見せ付けるように紺色の組み紐を持ち上げた。

「人の姿が取れる妖なら使いものになる。式神にしてしまったらどうだ」

「しません。私は虹烏《にじがらす》探しをする代わりに、式神を使わないでもいいと本家から了承を貰っています。ご存知でしょう？」

六辻は反抗的に返す。こんな冷たくて硬い口調でも話せるのだと穂澄は怖くなる。

「そうだったな。せいぜい頑張って虹烏を探せよ」

にやりと笑って背を向けようとした男性を、六辻は「叔父上《おじうえ》」と呼び止めた。

「叔父上の一の式神は東雲《しののめ》だったはずです。どうして東雲を連れていないんですか」

「ああ、あいつか」と彼は口の端を上げた。

「先の怨霊《おんりょう》退治で使ったら、半死半生になったから休ませている」

「――半死半生……？」

「使えるのはあと一回だな。強い妖のはずだからもう少し粘れるかと思ったが、見かけ倒しだったな」

ぎりっと奥歯を嚙む音が聞こえて、穂澄はどきりとして六辻を見上げた。

六辻は今にも飛び掛かりそうな顔で目の前の叔父を睨《にら》み付けている。

明らかな怒りの気配に、ばくんと穂澄の心臓が音を立てた。

「だからほら、たかだかお殿様の出馬予定地の視察ていどにも別の式神を連れてこなくちゃいけない。六辻、ここらへんに住んでいるなら知らないか？　この駅の西側周辺が場が乱れているらしいんだ。事故や自殺の件数が突出している。こんな場所を割り当てられても困るとお殿様が仰《おお》せだ」

六辻の怒りの気配に気づかないはずないのに、叔父はつらつらと喋る。

「そんなの、知っているはずがありません。私は式神を連れていませんから」

「まあ、なにか分かったら教えてくれよ。お前も一応は連雀なんだから」

今度こそ、彼は六辻に背を向けて歩き出すと、駅前に待たせていた黒い車の後部座席に式神と一緒に乗り込んだ。走り去る高級車を、六辻は黙って睨み付ける。

なにがなんだか分からない。会話のやり取りの意味も分からない。

だけど、六辻がものすごく怒っていることだけは感じとれた。六辻が発するぴりぴりした空気が足が竦《すく》むほど怖くて、穂澄は六辻から数歩離れたところで立ち尽くす。

——今のはなんだったんだろう。あの人は誰？　あれが術者……？　式神って、あんなふうに繋《つな》がれるものなの？

穂澄の心も千々に乱れる。術者とその式神を見たのは初めてだった。もしかして姉たちもああして繋がれているのかと、焦りで動悸《どうき》がする。

六辻はしばらくそうして車が消えた先を睨み付けていたが、やがてはっとしたように穂澄を振り返り「悪い」と謝った。やりきれない仕草で、くしゃりと自分の前髪を掻き上げる。

「――いえ」

「帰るか」

「はい」

歩き出した六辻に、穂澄は慌てて付いていく。

だけどその直前までのほんわかした雰囲気には戻らなかった。会話もなく、硬い空気のまま六辻の部屋があるアパートに辿りついてしまう。

このままあの部屋に戻ったら、もう収拾がつかなくなるくらい重苦しくなる気がして、穂澄の気持ちもずしんと重くなる。

だが、そうはならなかった。

ドアを開けた六辻と穂澄の目に入ったのは、玄関先でぐずぐずと泣く鈴ノ助とネズの姿。

釜爺もガス台の上でしゅんとしている。

『ごめんなさいー。ご、ごめんなさい、六辻』

獣なのに、目の周りと鼻面を涙でぐっしょりと濡《ぬ》らしてずびずびと謝る彼らに、六辻が小さく苦笑した。六辻の周りを覆っていた張りつめた空気が少し緩む。

「もう、騙すようなことはするなよ」

六辻はしゃがみ、鈴ノ助の頭に手を置く。

『あいー、あいっ、あい』

「前のご主人様と約束をしたんだろ？　もう二度と騙すようなことはしないって。店を潰すようなことをしたのに許してくれたご主人様との最後の約束を破ることはするな」

『あい、あい』

ふう、と六辻がため息をついて立ち上がり、穂澄を振り返る。

「穂澄、食事を温めてくれるか？　俺は着替えるから」

その笑顔には微笑みが浮かんでいた。

「はい。すぐに」

六辻はきっともう許していると感じて、穂澄は頬を赤くして笑う。

「美味《うま》いな」

豚汁を一口飲んだ六辻の最初のひと言はそれだった。

「お魚も自信作なんですよ」

穂澄の言葉に、六辻が鯖の煮付けに箸を伸ばし「本当だ」と目を細める。

「すごいな穂澄。これを作ったのか」

「作ったのは僕ですけど、僕は、鈴ノ助さんたちの言う通りに動いただけです。だから、すごいのは僕じゃなくて、僕に教えてくれた皆さんです」

にこにこと答える穂澄に、六辻がくすりと笑った。

「穂澄、どうして鈴ノ助がこんなに料理を知ってるか聞いたか？」

「いえ」

「鈴ノ助の前のご主人は板前だったんだよ。鈴ノ助はご主人が料理するのをずっと隣で見ていたんだよ」

『——隣で見てないわよ。店には出してもらえなかったもの。それに関しては厳しい人だったの。あたしは、奥で新しい料理を試している時に傍《そば》にいただけよ』

鈴ノ助がぽつりと口を開いた。「ごめんなさい」以外の初めてのまともな言葉だ。

六辻が穂澄に目くばせをしたから、これが、落ち込んでいる鈴ノ助が喋るようにわざとかけた言葉だと分かった。心が温かくなり、穂澄は鈴ノ助を抱きあげて正面から顔を合わせた。

「そうなんですね。だから鈴ノ助さんも料理をよく知ってるんですね。匂いを嗅《か》いだだけで、もう少しお醤油、とか、砂糖が足りないとか分かっちゃうんですよ」

「和食だったら釜爺の経歴も負けてないぞ。なかなかすごいから聞いてみな」

「そうなんですか？　釜爺さん」

コホンと釜爺が咳《せき》をした。

『聞いて驚け。わしは、四百年前に江戸の将軍様に献上するために焼き上げられた土鍋じゃ。わしで炊いた米は、将軍様とそのお局《つぼね》様しか食べられなかったんじゃぞ』

『マジ⁉』とネズが驚いた声を出して顔を上げる。

『本当じゃ』と誇らしげな釜爺の声。

ネズが畳の上に駆けてきて、興奮そのままに四足を開いて踏ん張った。

『じゃあこれ、将軍様の食べたお米の味なの？』

「食べるか？」と六辻がネズの顔の前に数粒置けば、『すげーっ！』と叫んで噛《かじ》り付く。

『うまっ！』と頬を膨らませるネズに、おかしそうに六辻が笑った。

ようやく戻ってきた明るい雰囲気に穂澄はほっとする。それが六辻の気遣いだということを知っているから尚更《なおさら》だ。

微笑む六辻と目が合えば、目元が緩み黒い瞳が細くなった。

ほんの少し、秘密を共有しているような気持ちになって嬉しくなる。

「穂澄も食べるか？　なにがいい？」

「釜爺さんのお米がいいです」

ほら、と箸の先にのせて六辻が穂澄の顔の前に差し出す。

「口開けて」

あーんと開けた口の中に、温かい白米が置かれる。

「本当だ。美味しい」

穂澄の言葉に、釜爺が嬉しそうに蓋を鳴らした。

『あたしの豚汁とお魚も食べなさいよ。負けないくらい美味しいから』

不服そうに鈴ノ助が顔を上げる。

「鈴ノ助のも美味しいよ。順番に味を見よう」

元に戻った雰囲気にほっとしたのか、遊び火の兄弟が現れてふわふわと飛び始める。

ようやくいつもの部屋の空気が戻ってきた。

——良かった。本当に良かった。

だがそれは、六辻が意識して作り出したものだと穂澄は知っている。

駅前で見た六辻の怒りの顔が頭の中から消えない。

笑いながらも気遣わしげに見上げた穂澄の表情の意味に気付いたかのように、六辻がぽんと穂澄の背中を叩いた。

◆

その翌朝、六辻は部屋の妖たちに小さな財布を預けた。

「現金を置いていくから、必要なものがあったら、この金で買うこと。だけど、あの駅前のスーパーには行くなよ。もう間違いなく顔を覚えられてるからな」

『了解！』と復活した鈴ノ助とネズは威勢よく返事をして、六辻の足音が遠ざかって消えるのを待って、『やったあ！』と歓喜の声を上げて部屋を駆けまわった。

『これで毎日六辻のご飯を作れるわ。穂澄、今日もよろしくね！』

穂澄は目を瞬く。これではこの部屋を去れない。

だけど、さっそく額を突き合わせて献立を考えだした鈴ノ助とネズと釜爺を前にしたら、彼らを見捨てて出ていくなんてことはとてもできそうになかった。

——まだ成体になりきってないし。体も動けてるから、いいか。

ぎりぎりまで彼らのお手伝いをしようと覚悟を決めたら、心が楽になった。

穂澄だって、この場所が好きなのだ。六辻も妖たちも、みんなすごく温かい。期限なくいられるものなら、ずっといたいと思うくらい。

『よし決定！』と鈴ノ助が顔を上げる。

『今日は暑くなるらしいからそうめん。涼しくいくわよー。ネズ、穂澄の買い物よろしくね』

大きく伸びをする鈴ノ助の隣で『任せとけい！』とネズが胸を叩く。

『買うもの全部覚えた？』

『もっちろん。おいらの記憶力は天下一だよ！』

ネズは記憶力がものすごく良いから、下手なメモよりもよほど確実なのだ。加えて物知りなので、昨日も、新鮮な食材選びの最高のアドバイザーだった。臆病《おくびょう》な穂澄を、豊富な蘊《うん》蓄《ちく》で宥《なだ》めるのも適している。

『ほっちゃん、洗濯っていつごろ終わりそうー？』

「あ、もう少しです。今の脱水が終わって、それを干したらおしまいです」

『じゃあ、そのあと買い物に行こうねー』

「分かりました」

それまでの間『休憩ー』とネズがころりと畳の上に転がる。

鈴ノ助がその隣にころりと並んで横たわった。気持ちよさそうに目を閉じる。一般的には仲が悪いとされる猫と鼠だが、この二人は間違いなく仲がいい。

のんびりした二人に、穂澄はふと、ここのところ心を占めている疑問を尋ねることを思いついた。洗濯物を干しながら、「ちょっと教えてもらっていいですか？」と切り出す。

『なあにー』

目を閉じたまま、のんびりと鈴ノ助が返す。

「六辻さんは、術者なんですか？」

『ん？　六辻？』

鈴ノ助が身を起こす。ネズもころりと転がって、ちょんと座りなおした。

『そうよ術者よ。時々、明らかに術者って人がここを訪ねてくるから間違いないと思うわ。しかも六辻は、その中でもかなり強いほうね。あたしたち妖が見えるだけじゃなくて、話せて、触れるんだから』

その答えに、穂澄は小さく息を詰める。

姉たちは、今のご時世、術者を見つけるだけでも一苦労だと言っていた。かつて、お互いに相手を認識して暮らしていた人間たちは、もうほとんど誰も妖を見ることすらできないのだ。

六辻が、そんな貴重な術者の一人だと言う事に不思議な運命を感じる。

躍起になって探したわけでもないのに、こうして出会ったのだ。

「六辻さんは式神は持たないんですか？　もしかして、ここにいるみなさんが六辻さんの式神？」

『あたしたち？　違うわよ』と鈴ノ助が答える。

『六辻さんは式神を一人も持っていないよ。おいらも見たことないし』

「なんで？」

『式神を使わないで術を施す術者もいるから、それなんじゃない？』

「……いえ」

大したことではないという口調で返した鈴ノ助に、穂澄は口ごもった。

このあいだ駅前で聞いた六辻と術者のやりとりとは受ける印象が違う。

六辻は、式神を持つことを拒否しているような雰囲気だった。

「――じゃあ、虹烏って知ってます？」

『ああ、幻の妖ね。虹色の大きな烏で、なんだかものすごい力を持つって』

「鈴ノ助さん、見たことあるんですか？」

『ありっこないじゃない。誰も見たことがないから幻なのよ』と鈴ノ助はけらけらと笑う。

そこに口を差し挟んだのは釜爺だった。

『わしは見たことあるぞ』

『あるの？』と鈴ノ助が驚いて顔を上げた。

『一度だけな。わしがまだ将軍様のもとにいた時、一度だけ将軍お抱えの術者が連れてきたことがあったんじゃ。虹色の、――鳥というより孔雀《くじゃく》に近い美しい姿の妖じゃった』

『えー、すごい！』と鈴ノ助が飛び上がる。ネズは虹烏自体を知らなかったようで、きょとんとしているだけで話に付いてきていない。

『最強なんでしょ？　目つきとか厳しかったり、すごく威張ってたりするの？』

鈴ノ助が興味津々で金色の目を輝かせる。

『いや、優しい雰囲気の、――不思議な妖だった。その場の雰囲気をゆったりと和ませるような……。強いとか高圧的とか、そう言う言葉とは正反対じゃったな』

そうなのね、と鈴ノ助は満足げに頷いてから、ひょいと穂澄に振り返った。

『で、虹烏がどうしたの？』

「いえ、六辻さんが探してるって」

『六辻が？　そんなこと、聞いたことないわ』

「でもこのあいだ、駅前で六辻さんのお知り合いの人と偶然会った時に、六辻さんは虹烏を探すのが役目だって言ってて……」

『それはないわよ』と鈴ノ助があっさりと返す。

『六辻は警察官よ。穂澄も知っているでしょう？　警察なんていうばりばり人間の組織が妖を探すなんてありえないわ。まあ、時々は犯罪現場にいる妖たちの言葉を聞いて、犯人探しに役立てたりすることはあるみたいだけど』

うーん、と穂澄は眉間《みけん》に皺《しわ》を寄せる。

——あのやり取りは、警察のお仕事とは違う話だったような気がする。

なにが、と言われると困るが、なんとなくそう穂澄は感じたのだ。

『どっちにしても、虹烏を見つけるのは至難の業じゃな』と釜爺がカコンと蓋を揺らす。

「なんでですか？」

『虹烏はここ三百年ちかく、姿を現しておらんのじゃ』

「そんなに？」と穂澄は青い目を丸くした。

『虹烏は、前兆なしに突然現れるんだ。どうやって生まれ、どこで育つのか、その生態は謎じゃ。誰も知らないから、伝説なんじゃよ』

もしかしたら、今が虹烏が現れる周期で、だから六辻が探しているのではないかと「三百年に一回現れるとか？」と穂澄は尋ねてみる。

『いや、おそらくそれも決まっておらん。わしが虹烏を見たのが五百年くらい前で、そのあと三代続いて虹烏はわしらの前に姿を見せた。だが、その虹烏が寿命を迎えた後、誰もその姿を見ていないのじゃ』

「──じゃあ、探しようがないじゃないですか」

『そうじゃ。だから、もし本当に六辻が探しているとすると、それは単に無理難題を押し付けられただけなんじゃないかのう』

『ええ？　なにそれ。酷《ひど》いじゃないの』

鈴ノ助が憤った声を上げる。

『鈴の字、そう怒らんでいい。もしもそうだとしたら、の話じゃ』

釜爺が宥める。

だが、穂澄にはどことなく鈴ノ助の意見のほうが正解に近い気がしていた。あの男性の言葉には明らかに棘《とげ》があり、六辻もまるで毛を逆立てた猫のように警戒心をむき出しにしていたことを思いだす。

『ほっちゃん、洗濯物干し終わったー？』

「あ、終わりました」

『じゃあ、買い物行こうよー』

虹烏の話に全く興味がない様子のネズが、飽き飽きした様子で口を差し挟む。

「あ、はい」

『ネズ、虹烏に興味ないの？』

『ないですー』とネズはあくびをしながら答えた。

『なんでよ。六辻が無理難題を押し付けられてるかもしれないのよ』

少々憤慨した様子の鈴ノ助に、ネズがのんびりと返す。

『だってー、六辻さんからそんなこと聞いたことないじゃないですか。妖のことは妖に聞けって昔から言うのに。本気で探すなら、おいらたちに尋ねるでしょ？　むしろおいらの目前の気がかりは、どれだけ六辻さんに美味しいご飯を出せるかですよ。ほら、最近妙な殺人事件が多くて六辻さんも疲れてるみたいだし』

ネズの言葉に、鈴ノ助がぱちりと目を瞬いた。

『まあ、一理あるわね』

『だから、ほっちゃん。買い物行こうよー』

畳の上でぱたぱたと足を動かすネズの姿は、まるで駄々をこねる子供のようだ。

「はい、了解です。干し物終わりました」

『よっしゃ！』とネズがぴょんと跳ねて立ち上がる。

『行くよ行くよー』

ネズは器用に穂澄の体を駆けて這い上り、穂澄のシャツのポケットに入り込んだ。

『出発進行ー！』

はしゃいだネズの声に、穂澄はくすりと笑う。

「じゃあ、行ってきます」

『いってらっしゃーい』

鈴ノ助と釜爺の声に送られて穂澄は部屋を出た。

その途端に、真夏の熱気がふたりを包んだ。

『暑ーっ。夏だよ、夏』

正直者のネズがいきなり叫ぶ。

「……本当に暑いですね」

『ほっちゃん、大丈夫？』

「え？」

『ほっちゃん。ほっそいから、すぐにばてそうなんだもん。昨日もうずくまってたでしょ』

「あ。――えーと」

まさかネズに見られていたとは思わず、穂澄は返事を濁す。

部屋のみんなに見られないところで休憩しているつもりだったけど……。

「大丈夫です。ありがとうございます」

穂澄は、ネズを安心させるように笑った。

その帰り道。

『ほっちゃん、重い？』

「だ、大丈夫です……」

穂澄は別の意味でへばっていた。

腕にぶら下げているスーパーの袋がとにかく重いのだ。

季節の物が体に良いということで、スイカがリクエストされたのだが、スーパーには半身のスイカはなく、特売していた小玉スイカを丸ごと買ってしまった。加えて、キュウリやナス、トマト、麺《めん》つゆ。重たいものばかりだ。スーパーの袋が腕に喰《く》いこんで痛い。

腕にかかる紐の位置を少し変えようと、荷物を一旦地面に下ろした時だった。

思いがけない姿を見つけて、穂澄はぴくりと動きを止めた。

——姉さま……？

オフホワイトのサマードレスの端整な美少女が、駅前の横断歩道を渡っていた。

赤に近い茶色の瞳に白銀の髪。透けるような白い肌。それだけなら普通の愛らしい外国人のお嬢さんだが、何よりも異様なのは、その頭にぴんと立った二本の長い耳があることだった。

しかも、そんな美少女が兎の耳を付けて堂々と駅前を歩いても、人びとは誰も振り返らない。つまり、人間の目には映っていないのだ。

——本当に姉さまだ……！

やばい、と穂澄はその場にうずくまった。

今、姉たちに見つかるわけにはいかない。

居場所が知れると、彼女たちは間違いなく「早く術者を探せ」と押しかけるだろう。六辻が術者だと知ってしまった今、なおさら姉たちとは会う訳にはいかない。最適なところに術者がいたと盛り上がって、穂澄を式神にしろと押し付けるに違いないのだ。

穂澄は誰の式神になる気もないし、ましてや、式神を持たないとあんなに強い口調で言い切る六辻に自分の面倒を見てもらう気は欠片もなかった。

だから咄嗟《とっさ》にしゃがみこんで身を隠したつもりだったのに……。

『どうしたの、ほっちゃん大丈夫⁉』

驚いたネズが大声をあげてしまう。

姉兎がこっちを向いた。

——やばい……っ。

視線が絡んだ……と思った直後、穂澄と姉兎の間を大きな路線バスが通った。

穂澄は、がばっと荷物を抱えた。バスが駅前ロータリーをゆっくりと徐行する間に、大急ぎで物陰に身を隠す。

『ほっちゃん？』

困惑するネズの口に人差し指でちょんと触れて、穂澄は身振りで「喋らないで」と頼み込んだ。理解したネズが、はっとした仕草で両手で口を押さえる。

しばらくそうして身を隠し、そろそろともとの場所を覗いたとき、そこに姉兎の姿はなかった。ほっとして、穂澄は深いため息をつく。

「ありがとうございました、ネズさん」

『別にいいけど、……大丈夫？　突然しゃがんだからびっくりしたよ』

心配気に見上げたネズに、穂澄はにっこりと笑いかけた。

「はい。気分が悪くなったりしたわけじゃないので」

ネズが訝《いぶか》しげな顔をする。

『今、ほっちゃん隠れたよね。おいらには、一瞬、淫兎が見えたんだけど違う？』

いつもおちゃらけているけど、ネズは賢く鋭い。

だけど、姉たちに会いたくないなどと言えるわけもない。

穂澄は強引に「はやく帰りましょう。鈴ノ助さんたちが待ってます」と微笑んだ。


だがその夜、それだけ気合を入れて作ったそうめんを、六辻は食べなかった。

疲れ果てた様子で帰宅すると、「悪い。今日はなにもいらない」と布団を敷き、スーツを脱ぐのもそこそこに布団に潜ってしまったのだ。

驚いたのは妖たちだ。おろおろして『大丈夫？　具合悪いの？』と声を掛けるが、頭まで被った布団の中から返ってくる言葉は「悪い、放っておいてくれ」という短い返事。眠った気配もないのに、やがて返事すらもなくなった。

困惑しながらも、明かりは消してあげたほうがいいだろうと、夕食がのっていたちゃぶ台を片付け、部屋を暗くする。

『どうしよう、こんなこと初めてよ』

『分からん。とりあえず、そっとしておこう』

鈴ノ助と釜爺が小声でやり取りするのを、穂澄も心配でおろおろしながら聞いていた。

どう見ても六辻はおかしかった。まるで別人のように強張《こわば》った顔をして、――部屋の妖を気遣う余裕もなく布団にもぐった。普段の彼からは想像もつかない。

――きっと、なにかがあったんだ。一体なにが……。

やがて一時間もたたないうちに、六辻が布団の中でうなされだした。

うーうーと獣のように唸《うな》り、歯を食いしばる音が聞こえてくる。

妖たちは動揺して六辻の布団を取り囲んだ。

『六辻。いやだ六辻。どうしたのよ』

鈴ノ助は泣きそうだ。ネズも焦って首を右に左に動かしている。

「――……やめろ……」

六辻の唸り声が、意味のある言葉に変化した。

びくりとした次の瞬間、六辻は「やめてくれ！」と大声で叫んだ。

『六辻！』

たまらず鈴ノ助が布団の中に潜り込むが、その間も「やめろ、使うな！」と六辻の悲鳴のような叫びは続いている。

「お願いだ、東雲を使わないで……！　——死んでしまう……！」

穂澄ははっとする。東雲——昨日、スーパーの帰りに術者と話した時に出てきた式神の名前だ。

それと同時に、鈴ノ助が布団から飛び出てきた。

『だめ！　目が覚めない！　起きない！』

鈴ノ助は半泣きで穂澄に飛びついた。

『穂澄、あんた淫兎なんでしょう？　六辻の夢の中に入って何とかしてよ。おねがい！』

「僕が……？」

思いがけないことを言われて、穂澄は戸惑う。

『できるでしょう？　淫兎なんだから！』

『そうだ、ほっちゃんなら……』とネズも焦った顔で穂澄を見上げる。

成体になりきっていない穂澄は、まだ誰の夢にも入り込んだことはない。

——できるんだろうか。

それに、夢の中に入り込んだって、なにがどうできるのかまったくわからない。

一瞬怖気《おじけ》づいたが、「お願いだ、殺さないでくれ」と苦しげに唸る六辻の声を放っておくことはできなかった。ぐっと両手を握り締める。

「分かりました。やってみます」


六辻の手に触れながら念を込め、六辻の夢と波長を同調させる。

——暗い。

そこは真っ暗だった。

ぐるりと見渡すと、一ヵ所だけぼんやりと明るくなっている。

——きっとあそこだ。

泳ぐようにして、穂澄は六辻の意識の暗闇の中を移動した。

六辻と誰かの声が徐々に近くなる。耳を澄まして穂澄は気付いた。それは、昨日会った初老の術者の声だった。明るい場所に近づくにつれ、周囲が見えるようになっていく。

六辻は紺色の制服を着ていた。帽子を被り、鑑識班と書かれた腕章を付けている。

——ああ、これはきっと昼間の記憶だ。

ごみごみとした細い路地に六辻はいた。六辻と同じ服装の人たちが行きかっている背後の大通りは明るいが、その場所はひどく薄暗い。

六辻の視線の先にいるのは、先日会った男性。黒いスーツを身に着けて六辻をまっすぐに見ている。その手には三本の色とりどりの組み紐が握られ、それぞれの先に妖が繋がれていた。一人は、このあいだ会った大人しげな人の姿をした妖。もう一本は若い犬。そして最後の一本は、大きな灰色の狐。妖たちの視線は、通路の奥に向いている。

そこにあるのは、禍々《まがまが》しい念波を滲《にじ》みだしている黒い渦。強い怨念の塊だと穂澄にも分かった。きっとこれが、この場所に事件を引き起こした元凶だ。六辻の記憶でしかないと分かっているのに、その負の力の強さにぶるりと体が震えた。

「東雲、——行けるな?」

男性の声に、灰色の狐が身を屈《かが》める。

「だめだ!」と六辻が叫ぶ。

「東雲はやめてくれ! 持たない。消えてしまう!」

六辻の叫びに男性が振り返る。

「叔父上! 東雲でなくてもこんな怨霊は消せるでしょう! 白雪《しらゆき》を使ってください! 葛《くず》葉《は》でもいい。東雲は無茶です。もう人型も取れないくらいなのに……!」

六辻の必死の叫びに、男性は片方の唇を上げた。

「分かってないな、六辻。だから東雲を使うんだよ。東雲はもう回復しない。だったら、さっさと消えて、次の妖のために檻《おり》を明け渡してもらったほうがいい」

「叔父上！」

六辻の叫びを無視して、男性は灰色の狐が繋がった黄色い組み紐を別の手に持ち替えた。

筆で文字が書かれた白い紙を懐から取り出し、獣の首に貼る。ふっと息を掛けたら、紙が燐光《りんこう》を発した。

「行くな、東雲！　叔父上、東雲を殺さないで……！」

「だからお前は甘いんだ。六辻。妖は道具だ。道具に心を寄せてどうする。——東雲、行け！」

男性が大きく手を振ると同時に、灰色の獣は黒い渦に向かって跳躍した。渦に突っ込む直前の一瞬、狐は六辻を振り返る。優しげに微笑んだように見えたのは気のせいだったのか。

「東雲ーっ！」

六辻が絶叫する。その叫びが消える間もなく、黒い渦の中心部で光が膨張した。風船のように大きく膨らみ、辺りを目もくらむような光で満たし、鈴の音のような高い音も立てて一気に弾《はじ》けた。きらきらとした光の欠片が空から降ってくる。

それがすべて床に落ち、地面に染み込むように消えた後、あれだけ薄暗かった通路が嘘のように明るくなっていた。

「——あ。……あ、……ああああ」

呆然としてへたり込む六辻に、男性は地面に落ちていた黄色い組み紐を拾って「やるよ」とその目前に落とした。

「東雲……？　東雲……」

六辻が組み紐を掻き抱く。

六辻は絶叫した。とても聞いていられなくて、穂澄は両手で耳をふさぐ。

身を切り刻むほどの絶望が六辻を染め上げていた。同調してしまった穂澄も苦しくて、胸を掻き毟《むし》る。

――いやだ、嫌だ。苦しい。怖い。

六辻の叫び声が遠ざかり、……そして夢はまた冒頭に戻る。

穂澄と六辻は暗い通路で男性と向き合っていた。

「東雲、――行けるな？」

あまりの残酷さに、ぶわっと鳥肌が立つ。

――またこの絶望を繰り返すというの……？

いけない、と強く思った。六辻の心が壊れかねない。

「だめーっっ!!」

咄嗟に、目の前の六辻の手を強く摑んで、穂澄は叫んでいた。

薄暗い通路がくにゃっと歪《ゆが》み、ひびが入って割れるように崩れ落ちる。

穂澄の意識は六辻の夢の中から弾きだされて、現実の体の中に押し戻された。

畳の上に頽《くずお》れる。

『ほ、ほっちゃん！』

『穂澄！』

ネズと鈴ノ助が焦った様子で穂澄の顔の前に駆け寄る。

——戻った……？

はっとして六辻を見る。六辻の手を穂澄は握ったままだった。布団がずり落ちた六辻の顔は、脂汗を浮かべて苦しげではあるものの、うなされている様子はない。

「——す、鈴ノ助さん。六辻さんは……？」

『うなされるのは止まったわ。穂澄のおかげよ、きっと。——それより、穂澄がいきなり「だめーっ」て叫んだからびっくりして。大丈夫？　なにがあったの？』

——悪夢から引っ張りだせた……？

安堵すると同時に、全身の力が抜けた。

顔が熱くなり、ぼろっと涙が零《こぼ》れ落ちる。

『ほ、穂澄……？』

鈴ノ助の焦った声を聞きながら、穂澄はうーうーと泣き出していた。

『そう。そんなことがあったのね』

鈴ノ助の言葉に、穂澄はこっくりとうなずいた。

泣きすぎて目が腫《は》れぼったくて熱い。鼻と喉も痛い。

目の前には鈴ノ助とネズ。その上にぽうっと二匹の遊び火。穂澄の膝に抱かれて、釜爺が心配そうな様子で耳を澄ましている。

鈴ノ助は、じっと六辻を見つめた。

もううなされてはいないが、顔は顰められたままだ。子供のように丸まった体勢で、布団のなかで横を向いている。

ぺろりと六辻の指を舐め、鈴ノ助は『冷たい』と呟いた。

六辻の顔のそばまで近づいたネズが、鼻の先を六辻の頬に寄せて『寒そう』と赤い瞳を閉じた。凜々しい眉の間に寄った皺を小さな手でそっと触る。

『穂澄、六辻を抱きしめてあげてくれない？』

鈴ノ助に言われて、膝を抱えて座っていた穂澄は驚いて顔を上げた。

「僕がですか？」

『そう。六辻、なんだかあまりにも淋《さび》しく見えるんだもの。ここでは人の姿になれるのは穂澄だけだから、ぎゅっと抱きしめて、温めてあげて』

じっと自分を見上げる鈴ノ助とネズの想いが心に染みる。

僕なんかでいいんだろうか、と躊躇《ためら》っている場合じゃない。

「――はい」

穂澄は、丸まって眠る六辻の背中側に静かに横たわった。

妖たちが見守る中で、広い六辻の背中に自分の胸を合わせて、細い腕を六辻の胸に回す。

――本当だ。冷たい。

六辻の背中は、ひんやりとしていた。スーパーにお金を返しに行ったときに腕を引いた手とは全然違う。あの時はちゃんと温かかった。

きっと、あまりの夢の辛さが、体にも変調をきたしているのだろうと思う。

――温かく、なれ。

心を込めて、六辻の胸に回した腕にそっと力を込めた。

――あんな夢、見るな。もう見るな。

目を閉じて繰り返して念じる。

どのくらいそうしていたのだろうか。やがて、胸と頬に感じる六辻の呼吸がゆっくりと落ちつき、体がわずかに温かくなってきた。

穂澄からは見えないが、顰められた顔も解かれてきたのだろうか。痛々しげに六辻の顔をじっと見つめていた鈴ノ助の表情も、どことなくほっとしたものに変わった。

ネズが六辻の顔の前でうずくまり、その横で鈴ノ助も丸くなる。あくまでも寝息に耳を澄ますように耳をぴんと立てながら、ゆっくりと目を閉じる。

彼らが六辻を心配する気持ちが、穂澄にもじんわりと伝わってきた。

――みんないるから大丈夫だよ、六辻さん……。

六辻の寝息が聞こえ始め、やがて穂澄も六辻を抱きしめたまま眠りについた。


朝が訪れる。

もぞりと動いた六辻の背中に、穂澄が眠りから覚めた。

寝返りを打つだけかと思ったら、驚いたことに六辻はそのまま身を起こした。

「――穂澄……？」と戸惑ったように呟く声に、穂澄も目を開ける。

あれだけ寝起きが悪い六辻が、穂澄を見下ろして目を丸くしていた。驚いた表情をしている。いつも兎姿で部屋の隅っこで眠っている穂澄が、同じ布団に人の姿で横たわっていたらそれは驚くだろうと穂澄も思う。

気配に気づいた鈴ノ助とネズも目を覚ました。

『六辻、大丈夫？』

近寄り、気遣わしげに六辻を見上げる。

『昨日、悪夢を見てものすごくうなされてたんだよ。夏なのに、体もすっごく冷えてて、だから穂澄に抱きしめてあっためてもらったの』

「穂澄が……？」

『そう。温かかったでしょう？』

六辻は答えず、なぜか自分の手をじっと見つめた。

「——俺は、うなされて何か言ってたか？」

ぽつりと尋ねた六辻に、布団の上に座りなおした穂澄が「言ってました」と答える。

「……叫んでました。式神を、東雲さんを殺さないでくれって……」

思わず穂澄は、うなされて口走った言葉ではなく、夢の中で六辻が叫んでいた言葉を告げてしまう。六辻の夢に同調してしまった穂澄には、夢の中で聞いた言葉と現実で聞いた言葉を区別するのは難しかったのだ。

鈴ノ助とネズはそのことに気づいたようだったが、沈黙を守ってくれる。

手を見つめていた六辻が顔を上げた。読み取れない、不思議な表情をしていた。

その瞳を見つめ返し、穂澄はそっと口を開いた。

「それは、——一昨日《おととい》、駅前で術者の人に会った時に、『俺は式神を持たない』って言っていたことと関係あるんですか？」

六辻の視線がわずかにぶれた。

「……そうか、あの時、穂澄には聞かれてたな」

くしゃりと前髪をかきまぜ、六辻は考え込むように黙った。

穂澄はじっと待つ。六辻が答えても答えてくれなくてもいいと思ったが、その結論を急《せ》かすようなことはしたくないと思った。他の妖も思いは同じだったようで、六辻を見つめたまま黙っていてくれる。

やがて、六辻はぽつりと口を開いた。

「あの時会ったのは、連雀の術者だ。そして、俺も連雀の人間なんだ」

『連雀⁉』と壁際の釜爺が突然驚いた声を上げる。

『釜爺、知ってるの？』

振り返って鈴ノ助が尋ねる。

『知ってるも何も、昨日話した、将軍様のお気に入りの術者一族が連雀じゃ。虹烏を従わせ、先見や政《まつりごと》に関する助言、城下町を荒らす妖退治なんぞを一手に引き受けておった』

穂澄は立ち上がり、壁際で話し続ける釜爺を抱えて布団に戻った。正座をした膝の上に抱く。釜爺もこの話の中には入ったほうがいいと思ったのだ。

近くなった釜爺を見つめ、六辻は静かに話を続けた。

「そう、その連雀の、しかも本家筋の人間なんだ」

釜爺が動揺したように蓋を鳴らす。

『な、なんで連雀の術者がこんなところに……。確かに六辻の名字は連雀だが、まさか本当に関係があるとは夢にも思わなんだ。たしか、連雀には本山があり、今でも一族はそこに籠《こも》っていて滅多に出てこないと……』

「そうだよ。俺以外の連雀一族はそこにいる。仕事がある時だけ本山から出てくる」

『本当に連雀か？　連雀の術者が、……なんでこんなところに？』

釜爺の動揺から察するに、連雀一族の術者が本山以外の場所にいるのは、そうとう珍しいことのようだった。滅多に見られない、慌てふためいた釜爺を鈴ノ助とネズが目を丸くして見上げている。

六辻が、ふっと小さく笑った。

「――俺は、連雀を飛び出してきた人間なんだ」

『飛び出して？』

「勘当されたというほうが近いかな」

『勘当？　……なぜ？』

釜爺の質問に、六辻は「式神を使いたくなかったから」と短く答えた。

そして、自嘲するように視線を布団に落とし、片膝を立てて座り直す。

腰を落ち着けて、六辻はゆっくりと話しだした。

「連雀というのは、江戸時代から続く能力者の一族だ。血を濁らせないために一族で山に籠り、結束を保っている。だから、一族は男も女も少なからず能力を持っていて、その能力を使って、術者として裏社会で生きているんだ。江戸時代に将軍のお抱え術者だったことから繋がって、今でも政界や財界に少なからず関わっている」

明け方の薄暗い部屋には、六辻が静かに喋る声しか聞こえない。お喋りなネズも鈴ノ助も、じっと耳を澄まして六辻の言葉を聞いていた。

「連雀の術式は、妖を式神として使う方式なんだ。だから、連雀の本山には術者と契約を結んだ多くの妖が捕えられている。特に、俺が育った連雀本家の屋敷には、力の強い妖が大勢閉じ込められていた。――力の強い妖は賢いんだよ。人間と同じように、いや、妖によっては人間以上に知能があり、考え深く、情け深い」

それは分かる。妖である穂澄でも、自分たち妖が人間よりも劣っていると思ったことはない。ただ、歴然とした別の生き物だというだけだ。

「一族の血を守るために近親結婚を繰り返してきた連雀一族は子供が生まれにくくなってきていて、本家では俺の他には、同年代の子供がほとんどいなかったんだ。話し相手や遊び相手は、物心ついたころから、檻の中に入った妖たちだった。忙しい大人たちよりもよほど情け深く、彼らは俺に接してくれた。いわば、俺の親代わりで、兄や姉のようなものだった」

なんとなく話の先の想像がついて、穂澄の胸がどきどきと音を立てはじめる。夢の中で見た光景と重ねあわせれば、その顚末《てんまつ》を予想することは容易だった。

「俺も、妖たちがある時突然姿を消すのは気づいていたんだ。だが、数えで十歳になり、術者としての教育が開始された時初めて、――姿を消した彼らが、術を施す式神として使われ消えていた……殺されていたのだと知って……」

六辻は言葉を切った。

ぐっと握り締めた両手が震えているのを、穂澄は声もなく見つめる。

その事実を知った時の幼い六辻のショックが痛いほど伝わってきて、胸がぎりぎりと苦しくなる。鈴ノ助やネズ、釜爺も同じなのか、ぴくりとも動かずに六辻を見つめていた。

ふうと息を吐き、気を取り直すように六辻は話を続ける。

「俺は、術を学ぶことを拒否した。妖を使いたくない、術者にはならないと言って、何度も本山を逃げ出した。そのたびに連れ戻され、折檻《せっかん》されて、無理矢理妖を使わされて泣き喚いて、……だけど、そんな俺を宥めて慰めたのも妖たちだった。もう、わけが分からなかったよ。気が違いそうになって、まともに食べて眠ることさえできなくなって、――本家はようやく俺を諦めたんだ。本山から出すことにした。十八歳の時だ。連雀と付き合いのある警察官僚に頼んで警視庁に入れ、今に至っている」

長い話が終わった。

口を閉じた六辻に、穂澄はつい「東雲さんって言うのは？」と尋ねてしまう。

「俺の親代わりだった長老級の狐の妖だよ。本当に強い妖は、式神として使われても簡単には死なない。力は消耗するが、自力で回復する。術者として式神の使い方を仕込まれた時に、妖を殺したくない、使いたくないと抵抗し続けていた俺に『私を使って練習しなさい。私はあなたに使われたくらいでは死なないから』と救いの手を差し伸べてくれた。だけど、――上位の術者である叔父の専属になり、強力な術にばかり使われるようになって、弱っていったんだろうな。昨日の事故現場に巣食っていた怨霊を退治するのに使われて、……消えた」

夢の中での六辻の絶叫が耳に蘇《よみがえ》り、息ができないほど胸が痛くなる。

そんな妖が、目の前で殺されたのだ。どれだけ苦しくて……。

しばらく誰も何も言わなかった。

だが、釜爺が『虹烏』とぽつりと口にした。六辻が顔を上げる。

『虹烏を探しているというのは？　至難の業じゃぞ』

くっと六辻が笑った。

「虹烏は、連雀の世間体を保つために本家が取ってつけた理由だよ。連雀一族の、しかも本家筋の人間が、術者になることを拒否して本山を追い出されたなんてとても言えない。だから、伝説の虹烏を探すために一般人の中に紛れ込ませたという理由を付けたのさ。本山も、俺が虹烏を見つけられるなんて思っていないはずだ」

『ならば良かった。無理難題を押し付けられたのかと心配したぞ』

ふうと息を吐いた釜爺に、六辻がようやく本当に表情を和らげた。

「――ありがとう、釜爺」

そして、目の前にいる妖たちを見渡す。

「ありがとう、みんな。ごめんな、心配かけて」

ぶんぶんと鈴ノ助が首を振る。

その頭に、そっと触れながら、六辻は穂澄に顔を向けた。

「穂澄、夜中ずっと背中を抱いてくれてありがとう。ぼんやりと感じていた。温かくて、思いがけず安心したよ」

穂澄はふんわりと微笑む。

「抱いてあげてって言ったのは鈴ノ助さんたちです。温めたのは僕だけど、ここにいるみんなの気持ちも一緒に籠ってるんですよ」

ふっと笑う六辻。

「――穂澄は、優しいな」

「みんな優しいですよ」

即座に返した穂澄に、六辻はなぜか自嘲的にくっと笑った。

更に、『もう一回抱いてあげようか？』と近寄った鈴ノ助を、六辻は「いいよ」と断る。

「俺なんかに、触るな」

その言葉の意味が分からず、穂澄は顔を顰めた。鈴ノ助やネズも動きを止める。

「俺は、連雀本家の人間だ。妖を、道具扱いして使う術者の一族なんだぞ。俺だって、……山を下りてくるまでは、言われるままに何度も妖を使った。お前たちの仲間を酷い目に遭わせた。妖の命と引き換えの術も使った。──そんな人間に、触りたくもないだろ？」

穂澄の息が詰まる。

その声は、重く、苦しく、──六辻の心そのままに、痛かった。

六辻は俯《うつむ》き、片手で前髪を掻き上げる。

「これまで、連雀の本家の人間だってことを隠していて悪かった。こんなところに居たくないと思うなら、……出ていくなら出ていっていいぞ」

鈴ノ助が、むっとしたように首を引いた。

『ちょっと。馬鹿にしないでよ、六辻』

きっぱりと言い、『行きなさい、穂澄！』と穂澄の背中に飛び掛かって六辻の方向に押し出す。

鈴ノ助の意図が分かって、穂澄は横から六辻に抱き付いた。温めるように腕を回す。

動揺する六辻の膝に鈴ノ助は飛び乗り、その上で重石《おもし》のように丸くなった。ネズも六辻の手の甲の上にちょんと腰を下ろす。

『そんなことで、あたしたちが六辻を嫌いになると思ってるの？』

鈴ノ助が憤った口調で言いながら六辻を見上げた。

『あたしたち、化け系の妖はね、誰よりも情が深いの。人間のことが好きで好きで、もっと生きたい、もっとそばにいたいと願った結果のこの体なんだから。六辻が妖を使う術者だからって、これまであたしたちに向けてくれた気持ちを無しにするような、そんな恩知らずじゃないのよ！』

『まあ、人間を恨んで恨んでの結果の化け妖もいるけどねー。少なくともおいらたちは違うよ』

『ネズはこんな場面で茶化さない！』

しゃーっと鈴ノ助が歯を剝《む》く。

『だから、おいらたちは違うって言ったじゃんー』

いつも通りの鈴ノ助とネズに思わず笑いを誘われながら、穂澄はぎゅっと腕に力を込めた。

「六辻さんは、六辻さんです」

心を込めて耳元で囁く。

「六辻さんの一族が何をしたとしても、それはその皆さんがしたことで、六辻さんがしたことじゃないでしょう？　僕たちが知っている六辻さんは、妖を殺したくないって強く自分を戒めている六辻さんです。死んでしまった妖を、夢にも魘《うな》されるくらい悼んで泣いてくれる六辻さんです。そんな六辻さんを、どうして僕たちが嫌えるんですか？」

六辻の首筋がひくりと揺れた。

「――でも、俺だって昔は……」

「昔は昔。それがあったから、今の優しい六辻さんがいるんでしょう？　僕たちが知っているのは優しい六辻さんです。今、優しい人だったらそれでいいんです」

それに、と穂澄は言葉を繋ぐ。

「あのね、六辻さん。妖を道具扱いするって言ってたけど、……望んでそうしてもらっている妖もいると思いますよ」

六辻が顔を上げた。自分を見つめる黒い瞳に、穂澄はできるだけ温かく微笑む。

「今の時代の妖って、昔よりも弱いじゃないですか。妖のことを見られる人間も動物もどんどん減って、だから力を失って、一人じゃ生きられなかったりするんです。そんな妖は、生き延びるために、術者にお願いに行って、わざわざ式神にしてもらうんですよ。そんな妖たちにとって、術者の皆さんは救世主なんです」

頭に浮かんだのは、姉たちの姿。彼女たちは式神として使われているけれど、決して術者を悪く言ったりしない。それは、一度契約を結ぶとその人に全身全霊を傾けるという淫妖の性質もあるのかもしれないけど……。

「そんな妖もいるって、知ってください。だから、そんなに自分を責めないでいいんです」

鈴ノ助もネズも釜爺も、黙って穂澄の言葉に耳を傾けている。

「あとね、これは僕の勝手な気持ちなんですけど、――まだ、僕たち妖を見たり、言葉を交わしたりすることができる人間がいるって、すごく嬉しいんです。完全に断絶してしまったら、淋しいじゃないですか。……僕は、六辻さんがそんな、僕たちを見られる人でいてくれたことが、すごく嬉しいです」

ここまで喋って、何を言おうとしたのかよく分からなくなってきて、穂澄は口を閉じた。

いきなり黙った穂澄に、ネズが首を傾げて顔を覗き込む。

「……何を言いたかったのか、分からなくなっちゃった」

呟いた穂澄に、ぷっと鈴ノ助が笑った。

『まあ、あたしたちは六辻が好きってことよ。連雀なんて知ーらない。でしょ？』

『そうそう』とネズが合いの手を入れ、釜爺が『だな』と蓋を鳴らす。

戸惑うように目を見開いていた六辻が、「――ありがとう」と囁いた。

「やっぱり俺は妖を殺せない。こんな優しい妖たちを、式神にして、道具にして、使ったり俺はできない。――それなら俺は、役立たずの、能力者失格の出来損ないのままでいい」

六辻の声は湿っていた。

手首でぐいと目をこすり、六辻はすんと洟《はな》をすすった。顔を天井に向ける。

「――あったかいな。誰かの温《ぬく》もりは、連雀にいた時に人型になった妖に抱きしめてもらった時以来だ。……こんなに温かかったっけ」

六辻の手は、足の上の鈴ノ助を包むように撫でている。

穂澄は、六辻がこうやって膝の上に鈴ノ助を抱いて撫でているのを初めて見たことに気づく。もしかして、罪悪感から妖たちにも必要以上に触れずにいたのかもしれないとふと思った。

『何を言ってるんだか。六辻だったらもてるでしょう？　優しいし、格好いいし。連雀の本山から出て一度も、誰とも付き合わなかったって言うの？』

見上げた鈴ノ助に、六辻は「付き合わなかったよ」と短く答える。

「俺は、普通の人と見えているものが違うから、どうしても合わないんだ。俺の世界に溶け込んでいる妖や八百万《やおよろず》の神々を抜きにして、誰かと心を通わせることは無理だ」

だったら、六辻はこれまで、本当に人間にも妖にも距離を置いて生きていたのだ。それはどれだけ孤独だったのだろうと穂澄は胸が痛くなる。

『じゃあ、六辻にとっては、人間よりあたしたちのほうが近くにいるってことね』と鈴ノ助が勝ち誇ったように三本の尻尾を振った。

六辻がくすりと笑い、「ありがとう」ともう一度繰り返す。

「みんな、優しいな。みんなのおかげで、俺は救われてる。俺にとっては、大事な——家族みたいなものだよ。もし嫌だったら……」

『馬鹿ね、嫌だなんて思うわけないでしょう』

六辻の肩に両手をついて伸び上がった鈴ノ助が、ぺろりと頬を舐めた。

「ありがとう」と囁いて六辻が片手で目を覆う。

なぜか涙が出そうになって、穂澄はそっと目を閉じた。

『家族だって。家族！』

『いえい、おいらたち家族ー！』

鈴ノ助とネズが走り回る。

あの朝以降、六辻の部屋の流行語は「家族」だ。

家族だと言ってもらえたのがものすごく嬉しかったみたいで、三日経《た》った今日も、鈴ノ助たちはことあるごとに家族家族と口にしてはしゃぎまわっている。

◆

「ただいま」

六辻が帰って来た。

『お帰りなさーい！』と玄関に駆け寄った鈴ノ助とネズを、六辻はひょいと抱き上げる。

六辻の腕の中で鈴ノ助は伸び上がり、嬉しそうに六辻の顎《あご》を舐めた。

そんな様子を、穂澄はちゃぶ台に茶碗を並べながら微笑ましく眺める。

――やっぱり、鈴ノ助さんたちを抱き上げる回数が増えた気がする。

部屋着に着替えて、「お、冷奴《ひややっこ》だ。暑いから嬉しいね」とちゃぶ台の前に座る六辻の足の上に鈴ノ助。ネズは肩の上。この光景も、あの夜以降に見られるようになったものだ。それまでは、鈴ノ助もネズもちゃぶ台の上に乗って六辻と話していたから。

冷奴を食べながら、六辻の左手が鈴ノ助の喉をくすぐっている。顎を上げて気持ちよさそうに喉を鳴らす鈴ノ助の姿に、穂澄の心がふわっと温かくなった。

——多分、気のせいじゃない。

あの夜以来、六辻の笑顔が少し変わった気がする。何よりも、妖たちに触れる回数が増えた。鈴ノ助を抱き上げて喉をくすぐり、腕に登ったネズの背中や小さな頭を指先で撫でる。釜爺や遊び火に対しても、自発的に笑顔で話しかけることが多くなった。

あの夜、自分が連雀本家の人間だということを告げ、彼らにそんなことは関係ないと許しをもらったことによって、六辻の心の閊《つか》えが取れて楽になったのなら、それほど嬉しいことはない。

きっと、六辻も本当はスキンシップが好きな、人懐こい性格なのだろうと思う。連雀本家に捕えられている妖と心を通わせたエピソードからも、それは間違っていないような気がした。

前から居心地は良かったが、部屋の空気がいっそう柔らかくなったように感じて、穂澄も楽しい。

食事を終えて、珍しく雑誌なんかを開いた六辻の前で、鈴ノ助とネズがごろんと畳の上に転がった。撫でてもらうことをねだっているふうではなく、力尽きて溶けたような感じだ。

「どうした？」

『暑いー。蒸し暑い。最近、夜になっても暑いんだもん。毛皮脱ぎたいわー』

『おいらもですわー』

「水浴びでもするか？　風呂に水を溜《た》めてやるよ」

『やめてー！』と鈴ノ助が飛び上がってぶるっと震える。水は嫌いらしい。

くすりと六辻が笑った。雑誌を閉じて腰を上げる。

「分かった。　アイスでも買ってきてやるよ。好きだろ？」

『アイスクリーム？　やったあ！』

「行こう、穂澄」

「え？　僕ですか？」

「夕涼みだ。そこのコンビニまでだけど、散歩がてらに付き合わないか？」

「――はい！」

誘ってもらえて嬉しい。ぴょんと耳を立てて満面で笑った穂澄の頭に、六辻がぽふんと帽子を被せた。細くなった黒い目が嬉しくて、穂澄は頬を緩ませる。

コンビニでカップのアイスを四つ買い、自動ドアを出たところで、「よく見ると、鈴ノ助の毛だらけだな」と笑いながら六辻は自分の服の前を手で叩いた。

「食事をしながら鈴ノ助を抱いていたからだな」

「六辻さん、最近よく鈴ノ助さんをだっこしてますよね。ネズさんのことも。……前は、そんなに抱いていなかったですよね？」

窺《うかが》うように尋ねた穂澄に、六辻はくっと眉を寄せて笑った。手を伸ばし、帽子を被った穂澄の頭をぽんと撫でる。

「参ったな。穂澄は本当によく見てるな。感心するよ」

当たりらしい。

「僕は臆病なんです。弱っちいから」と穂澄は答える。

「臆病だから、あっちこっち様子を窺う癖がついちゃって」

「そうか」と六辻は否定もしないで受け止めて笑った。手は、穂澄の頭をぽんぽんと軽く叩き続けている。いつまでも止まらないそれに、穂澄は両手で頭を押さえて六辻を見上げた。

なんですか、と目で問いかけた穂澄に六辻は「帽子が邪魔だな」と苦笑する。

「穂澄の頭をくしゃくしゃっと撫でたいのに。帽子を取ると耳が出るからできない」

「兎になりましょうか？　今なら周りに誰もいないし」

わずかに目を丸くした六辻の前で、穂澄は一瞬で兎になった。小さな茶色い体の上に、着ていた服がふわっと覆い被さる。数秒遅れて、六辻がはっと笑いだし、服の山と穂澄を拾い上げた。

小さな兎を腕に抱いて「びっくりした」と目を細める。

『これなら頭を撫でられますよね？』

「そうだな」と指先で穂澄の頭をこしょこしょと撫でた。

気持ち良くて、穂澄は鼻をひくひく動かす。近くなった体から六辻の匂いがした。

――六辻さんの匂いだ。

思いがけず、助けてもらった時の記憶がふわっと蘇る。あの時も、無意識にこの匂いを嗅いで覚えていたのだろう。

大きな手が体を撫でてくれて、嬉しくて耳が垂れ、尻尾がぴくぴくと揺れた。

「穂澄」と六辻がそっと囁く。兎の大きな耳が六辻の胸にくっついているから、声が振動とともに直接穂澄の体に響いた。

「ありがとう」

穂澄は驚いて顔を上げる。

六辻は穏やかに微笑んでいた。

「穂澄が来てくれてから、毎日がすごく楽しい。あの部屋に帰るのが楽しみなんだ。きっと、穂澄が雰囲気を和らげてくれているおかげだ」

『僕なんかのせいじゃ……』

焦って首を振った穂澄の頭を、六辻がぽんと押さえる。

「穂澄は、よく周りを見ているから。さっき、自分の欠点のように穂澄は言ったけど、俺はそれは穂澄の長所だと思うよ」

思いがけない言葉に、穂澄は目を丸くした。

『いえ、そんな』と、わたわたと慌てる穂澄をわずかに持ち上げ、その耳の間に六辻が鼻と口で触れた。まるでキスをするような行為に、穂澄は硬直した。毛皮で覆われて見えないが、きっと全身真っ赤だ。

「穂澄は、——本当に不思議だな。穂澄がいると気持ちがすごく和む」

びっくりして、でも嬉しくて、ぶわっと全身が熱くなった。

「あの時、穂澄を拾って、連れて帰って良かった」

六辻の唇が明らかに穂澄の頭の天辺《てっぺん》に触れる。

——キスだ。

幸せで、……目が回るかと思った。


『わーい、アイスクリーム！　——あれ？　穂澄？』

玄関で待ち構えていた鈴ノ助とネズが、腕に抱かれて兎姿で帰った穂澄に驚く。

『どうしたの？　ほっちゃん、具合悪いの？』

焦った声をあげるネズに、六辻が「違うよ」と答えて穂澄を床に下ろす。ついでに服も部屋の隅に置いて「もういいよ。ありがとうな。人姿になって沢山アイス食べな」と穂澄の頭をちょんと撫でた。

小皿を出しに六辻が台所に行った間に、穂澄は人姿になる。

六辻を追いかけて台所に行きかけた鈴ノ助が、穂澄に目を止めてなぜか顔を顰《しか》めた。

『――穂澄、あんた、本当に大丈夫？』

「え？」

『顔、真っ赤よ。熱でもあるんじゃないの？』

穂澄ははっとする。抱かれている間、ずっと、どきどきしっぱなしだったせいだ。確かに今でも頬が熱い。

「いえ違うんです、大丈夫です」

『じゃあ、どうしたの？』

世話焼きの鈴ノ助は、いっそう眉間の皺を深くして穂澄を見上げる。

少し迷った後、鈴ノ助にならいいかと思って、穂澄はへにゃっと笑った。

「――六辻さんが、頭にチュッてしてくれて……」

頭の天辺を片手で押さえて嬉しそうに笑う穂澄に、鈴ノ助が目を丸くする。

『人のとき？』

「いえ、兎の時」

『なーんだ』と拍子抜けしたように言いながら、それでも鈴ノ助はくすりと笑った。

『それで嬉しくて真っ赤ってわけ。――良かったじゃない』

「はい」

金色の目を細くして笑うと、鈴ノ助は踵を返して六辻を追いかけた。

『鈴さーん、どの味がいいかって、六辻さんが聞いてるよー』

『待ってー、今行くから』

鈴ノ助の三本の尻尾が、楽しそうにくるくると巻いては伸びるのを穂澄は微笑んで見送った。


『美味しーい。甘ーい。冷たーい』

『うまうま。極楽ですわー』

ちゃぶ台の上。ネズはレンゲの上、鈴ノ助は小鉢に取り分けられたバニラアイスを舐めて、幸せそうに声を上げる。

『あたし、化け化け猫で良かったわー。猫の時はこんなの食べたらお腹壊したからね』

『おいらも化け鼠で良かったー』

「穂澄もおいで」

「はーい。待ってください、今、釜爺さんも連れて行きます」

箪笥の横の釜爺を抱きかかえた穂澄に、『釜爺、アイス食べられないじゃない』と鈴ノ助が突っ込みを入れる。

「あれ？　そうですね。じゃあ、釜爺さんどうします？　水にでも浸《つ》かります？」

『わしは別に暑くないからかまわん。だいたい、わしは火に掛かってちんちんに熱くなってからが本領発揮だからの』

「あ、そうですよね、土鍋ですもんね」

言いながら、穂澄が釜爺を抱えたまま、ちゃぶ台前の六辻や鈴ノ助、ネズと合流する。

「じゃあ、釜爺さんは何をしてる時が一番楽しいんですか？」

『そりゃ、米を炊いてるときだろう。将軍様が褒めてくださった米炊きじゃ』

誇らしげに蓋を鳴らした釜爺に微笑んでから、穂澄はふと思い出す。

「――そういえば、釜爺さん。僕が来たばかりの頃、将軍様のお米炊きをしていたこと隠してませんでした？」

釜爺の動きがぴたりと止まる。

『……気付いておったか』

「なんとなくですけど」

全員の視線が釜爺に集まるが、釜爺は黙ったままだ。

だが、『将軍様に捨てられたからよねー』と鈴ノ助があっけらかんと答えてしまう。

「え？　なんで？」

『欠けたからよ。ここ』と鈴ノ助が猫の手で指差したのは、釜爺の蓋の糸底部分だった。よく見ると、確かに小さく三角形に欠け、細いひびが伸びている。だがそれは、蓋に届いていない上に、強度にはほとんど関係なさそうだった。

「これだけ？」

『そうじゃ。将軍様は……』

明らかにしゅんとした声を出して、釜爺は沈黙する。もし人の形をしていたのなら、ぐったりとうなだれていたに違いない。

「えー、酷い。味は変わらないのに」と思わず穂澄は口に出してしまう。

『そうよね、釜爺のご飯は美味しいわよ』

『おいらもそう思うですー』

「釜爺さんのごはん、すごく美味しいですよ。僕も好きです」

妖たちが次々と釜爺を慰めるのを、六辻は目を細めて眺めている。

『まあ、あたしたちがラッキーってことよ。将軍様が興味を失って放置してくれたおかげで、骨董《こっとう》品屋、ゴミ捨て場経由で、将軍様も褒めた釜爺のご飯を食べられるんだから』

「ですよね。釜爺さん、ご飯を炊くのが好きなんでしょう？　ここでいーっぱい炊きましょうよ！」

口に出すと同時に穂澄は「しまった」と思う。釜爺が米を炊くには、人間になった穂澄の手が必要だ。だが、穂澄はもうそろそろ去らなくてはならない。

それでも、『そうかのう』としんみりとつぶやく釜爺に元気になってもらいたくて、穂澄は「そうですよ」と笑って繰り返した。ネズも『そうだよ！』とこくこくと頷いている。

ふと六辻と目が合った。

六辻は穂澄を見たままくすりと笑い、ひょいと手を伸ばして穂澄の頭をぽんと撫でた。

さっきの帰り際の言葉と仕草を思い出して、思わず赤くなった穂澄に、「穂澄もアイス食べるか。溶けるぞ」と顔を覗き込むようにして言う。

「——はい」

どきどきしながら答えれば、なぜか六辻は、スプーンにアイスをすくって、穂澄の口の前に寄せてきた。

「え？」

「口開けて。ほら、垂れるぞ」

食べさせてもらうのは初めてではないのに、ものすごく心臓が暴れていた。

頬を赤くして口を開けた穂澄の舌の上に、柔らかくなったアイスクリームがぽとんと落とされる。冷たさがじんわりと口の中に染み、——違和感にどきりとした。

「美味いか？」

笑顔で六辻が尋ねる。

「はい。美味しいです」

笑顔を作って答えながら、穂澄は楽しかった心が急激に冷めていくのを感じていた。

——全然甘くない。味が分からない。

◆

小皿に汁を取ってぺろりと舐める。

——だめだ……。

穂澄は顔を顰めた。

もう一度口に含むが、やはり味を感じない。

「鈴ノ助さん、ちょっといいですか？」

『なに？』

鈴ノ助が走ってきて、ぴょんとガス台の上に飛び乗る。

「味がよく分からないんですけど、見てもらえます？」

『はいはーい』と言いながら、小皿によそった汁を舐めて『しょっぱっ！』と鈴ノ助は顔を顰めた。耳を伏せて片手で顔を撫で回している。

『ちょっと、どうしたの？　なんでこんなにお塩を入れたの？』

「なんか、味がしない気がして、少しずつ足したんですけど。冷静に考えるとあまりにも入れ過ぎだと思って、鈴ノ助さんに来てもらったんです」

『そりゃそうよ。かなりお塩入ってるわよ。これ』

「やっぱりですか……」

『やっぱり、って大丈夫？　これで味が分からないって変よ』

鈴ノ助の言葉に「ごめんなさい」と穂澄はしゅんとして謝った。長い耳は後ろにぺしゃんと垂れている。

『まあ、仕方ないけど。――じゃあこれは、お水を入れて増量して、あさりのお吸い物にしちゃいましょ。メニュー変更。そうね、冷蔵庫から昨日の残りの大根出して』

「はーい」

元気よく返事をして冷蔵庫に向かいながら、穂澄はぎゅうっと胸を締め付けるような恐怖に襲われていた。

――昨日、アイスを食べた時よりも、もっと味が分からない。

実際、ここ数日、穂澄の体調はじわじわと悪くなっていた。

特に今朝は酷い。

洗濯ものも、何枚か干すだけですぐに疲れてしまい、鈴ノ助やネズにばれないようにこっそりとしゃがんで休憩しているくらいだ。あとは、眩暈《めまい》と立ちくらみ。立ち上がるたびに目の前が数秒暗くなる。

――体が成体に近づいているんだ。

食べ物じゃなくて、男性の精を取り入れないといけないのに、貰えてないから。

――霧になる日が迫ってる。そろそろ、出て行かないと。

そう思った途端に、また体がぞくっと冷たくなった。ぎゅっと自分の体を抱きしめる。

苦しい。霧になる日が近づいたら自発的に姿を消そうと思っていたのに、できるだけここにいたいと願っている自分がいる。

――だって、僕がいないと六辻さんにご飯を作る人がいない。家事とか買い物だって……。

違う、そんなのは言い訳だと穂澄は首を振る。ここがあまりに温かいから、妖たちや六辻のそばにいたいから、――離れたくないから。ただそれだけだ。

――六辻さんの手、大きかったな。

頭を撫でてくれた手を思い出すだけで、じわりと体が熱くなる。

耳元で囁かれた「ありがとう」という言葉。穂澄を幸せにする魔法の言葉。

食事を作るたび、洗濯をするたび、買い物から帰ってくるたび、片付けたり繕ったりと家事をするたび、六辻も彼らも穂澄に「ありがとう」と言ってくれる。

市民の森にいた時には、淫兎としてはあまりにも弱い穂澄は強い姉たちに囲まれて、綿菓子のように守られて育った。そこでは、心配されたり励まされたりこそしたが、頼りにされたことはなかったのだ。だから、――自分ひとりくらい消えても問題ないと思っていたのだけど……。

この場所には、穂澄じゃなくちゃできないことが沢山あるのだ。六辻の部屋に辿りついて、生まれて初めて、穂澄は頼られる喜びを知った。

——もっと、ここにいたい。

心からそう思う。

だけど、今の時代、淫兎は自分で男性の精を得るのはほぼ不可能だ。術者と契約して精を貰わなくては生きていけない。

——式神になるのだけは、絶対に嫌だ。

穂澄は唇を噛みしめた。なんの恨みもない人間の夢に入り込んで苦しめたり、精神を壊したりする存在になるくらいなら、霧になるほうがましだ。それだけは譲れない。

『穂澄ー、大根まだー？』

鈴ノ助の声が聞こえて、穂澄は「はーい」と慌てて冷蔵庫の前で立ち上がった。

その途端に眩暈に襲われて足がもつれ、ぺたっと床にへたり込んでしまう。手から離れた大根が、ゴンッと音を立てて床に転がった。

『穂澄ー、何やってるのよ』とガス台から飛び下りた鈴ノ助が駆け寄る。

『もう、おっちょこちょいなんだから』と言いながら近寄り、だが、鈴ノ助は穂澄の顔を覗き込んで眉を寄せた。

『ちょっと……真っ青よ。具合悪いの？』

「――いえ、大丈夫です」

立ち上がろうとして足に力が入らず、穂澄はまたしゃがみ込んでしまう。

『大丈夫じゃないわよ。休んでなさい。――というか、そういえば穂澄、今朝もレタスあまり食べてなかったわね。なんで？』

声を聞きつけ、『なになに鈴さん、どうしたのー』とネズが走り寄ってくる。

『穂澄が具合悪そうなのよ。もう、この子、ダイエットなんかしてるから』

『ダイエットしてるの⁉　ほっちゃん、もう十分細いよ！　これ以上細くなったらお腹と背中がくっつくよ！』

飛び上がったネズを、鈴ノ助が『ネズ、それ違う』とぺしゃんと押さえる。

『それは、お腹が空いた時の表現。痩せる時は、骨と皮になるって言うの』

『そっかー』とぺちっと頭を叩いたネズに、穂澄はくすりと笑う。

『あ、笑った笑った。でも、ほっちゃん、ほんとに顔色悪いよー。今日は買い物行かないで、あるもので六辻さんのご飯を作ったほうがいいよ。鈴さんならできるでしょ』

『もちろんよ。任せなさい』

いつも通りの明るいやりとりに穂澄は詰めていた息をそうっと吐いた。

『ほっちゃん、布団敷く？　兎になる？　布団敷くって言っても、敷くのはほっちゃんなんだけどね。おいらティッシュは敷けても布団は敷けないや。ごめんよー』

『穂澄、人のまま寝ちゃったら？　兎になると、人になった時にまた服を着なくちゃいけないし。料理の仕上げをするには、どうせまた人になってもらわなくちゃいけないから』

鈴ノ助とネズはやかましい。でも、温かい。

そんな二匹の気遣いが嬉しくて、穂澄は床に座ったまま頑張って小さく笑う。

「じゃあ、六辻さんのお布団を借りますね。外に干してあるのを取り入れなくちゃ」

なんとか立ち上がり、網戸を開けた時だった。

弾丸のようなスピードでバレーボール大の白い物体が部屋に飛び込んで来た。

それは穂澄の横をすり抜け、壁にぶつかる直前に一瞬で形を変えた。

現れたのは、白い耳をぴんと立てた艶《あで》やかな美少女。白銀色の髪をくるりと大きく巻き、飾りが付いた純白の着物を可愛らしく着崩している。耳や髪にはきらきらとした飾り。

『見つけた、穂澄！』

「姉さまっ？」

彼女と穂澄が同時に叫んだ。

警戒した鈴ノ助が『姉さま、ってことは淫兎⁉』と全身の毛を逆立てる。

それを無視して、姉兎は『穂澄あなた、こんなところでなにのんびりしてるの！』といきなり穂澄に大声を浴びせた。穂澄が耳をぺしゃっと倒して首を竦める。

『いいかげん誰かと契約しないと本当に霧になって消えちゃうというのに！』

そして、窓際で立ち尽くしている穂澄を力いっぱい抱きしめた。

『ああ、もう。こんなに痩せて。いやだ、どうしよう』

切れ長の赤い瞳を縁どる長い睫毛を震わせて、動揺一杯の表情で穂澄の頬を両手で包んで見つめる。その手も白魚のように細く滑らかで、形のいい爪《つめ》はまるで桜貝のように美しい。

「──姉さま、どうしてここが……」

『七番目の妹に、この駅前で穂澄らしい妖を見かけたと聞いたの。ずっと探していたのよ。林がなくなって、穂澄の姿が消えていた時の私たちのショック分かる？　どうして、行き先のヒントくらい残しておいてくれなかったの？』

赤い瞳を潤ませて、姉兎は穂澄をなじる。

「──ごめんなさい。でも、僕も突然追い出されたから」

『だったら、ここに落ち着いた後に、林のそばに伝言代わりの痕跡《こんせき》を残しておくとかもできたでしょう？』

「ごめんなさい、僕、ここがどこかも分かってなくて。林を出てさまよって、死にかけていた時にここの家主の人に助けられたんだ。気が付いたらもうここの部屋にいて……」

『それなら、その方に穂澄をどこで助けて、ここはどこなのか聞けたわよね？』

姉兎の言う事はいちいち正論だ。穂澄はぐっと言葉を呑みこんだ。

咄嗟に釜爺の中に逃げ込んでいたネズが、穂澄と姉兎の様子を蓋の隙間から盗み見て、啞然とした口調で『この人、可愛いけどめっちゃ強い……』と震える。

一方の、警戒心いっぱいで畳の上で毛を逆立てていた鈴ノ助は、威嚇の唸り声をあげて、『ちょっとあんた！』と姉兎に飛びかかった。

だが姉兎は、優雅に振り返ると袖《そで》をひと振りして、鈴ノ助を跳ね飛ばす。

『邪魔をしないでくださいな。私は弟とお話ししているの』

『勝手に飛び込んできて、迷惑なのよ！』

姉兎の赤い瞳が、きらりと剣呑に光った。

「うるさいわよ。化け猫ふぜいが。見たところ姿を変えることもできないくせに、妖兎に敵《かな》うとお思い？」

『化け化け猫よっ！　こう見えても五十年以上生きてるのよ』

「生きた長さが一体なんの自慢になるのかしら。二十年しか生きていない私でも、この通りあなたよりは強いわよ」

『こ、の、……兎……っ』

悔しさで牙《きば》をむく鈴ノ助を無視して、姉兎は穂澄に向き直った。

『穂澄、安心しなさい。私たちが穂澄のために術者を見つけてきてあげるから。絶対にあなたを霧になんてしないわ』

穂澄が目を瞠《みは》る。

「姉さま、それは……」

だが、反論しかけた穂澄の口に人差し指で触れて、姉兎は『待って』と囁く。

くん、と顔を上げて匂いを嗅ぐ仕草をしてから『能力者の匂いがするわ』と目を細めた。

ぎくりとして穂澄が身を硬くする。

『そうよ穂澄、あなたさっき、ここの家主さんが死にかけたあなたを拾ってくれたと言ったわね。弱った妖を見られて、しかも触れる人間なんて、――もしかして、ここの家主さんって能力者なんじゃないの？』

「――姉さま……」

『だったらちょうどいいわ。ここの家主さんの精を頂戴《ちょうだい》しなさい。今晩にでもさっそく』

「姉さま」

穂澄は首を振るが、姉兎は気付かない様子で言葉を繋げる。

『ああ穂澄はまだ人間から精を取ったことはなかったわね。不安なら、今晩私たちが忍び込んでその方を眠らせてあげる。昂《たか》ぶらせるところまではやってあげるから、あなたは最後に美味しいところを頂くだけでいいわ』

「姉さま、待って」

『そうね、それがいいわ。契約してくれる術者を見つけるまで、とりあえずそれで繋ぎましょう』

「――姉さま、聞いて」

『でも、いずれは術者とちゃんと契約しないと生きていけないから、それは私たちが探してあげる。大丈夫、任せなさい』

姉兎は穂澄の制止を無視して次々と喋り、ひとりで納得したように頷いている。

穂澄の顔が焦りに歪んだ。このままでは術者を充《あ》てられてしまう。

「姉さま、待って」

『さっそく姉さまや妹たちに連絡を取るわ。頼りがいのある術者を……』

穂澄はとうとう「姉さまっ」と声を荒げてしまった。

姉兎がきょとんとして赤い瞳を丸くする。

『なあに穂澄、そんな大声をだして』

「――姉さま。僕の話を聞いて。僕は、術者とは契約しないよ。だから術者を探さないで」

『なに馬鹿な事を言ってるの』

即座に却下《きゃっか》される。

『術者と契約しないで、どうやって精を手に入れるの？　私たちを見られない普通の人間の男性からは精を貰えないのよ。能力者からは精を奪えるけど、あまりやると廃人になってしまうから、何人も渡り歩かなくちゃいけない。要領が悪いあなたにそれができるとは思えないわ』

明らかに穂澄を馬鹿にしている言い草に、鈴ノ助が顔を顰める。

『大人しく術者と契約しなさい。それが一番賢いわ。そうしないと、あなたなんかすぐに霧になっちゃうわよ』

『ちょっとあんた、聞いていれば穂澄をどれだけ馬鹿に……』

牙を剝いて鈴ノ助が唸る。そんな鈴ノ助を、穂澄が手のひらを向けて止めた。

「——姉さま。……僕は、霧になっても構わないんだ」

『え？』

『……えっ？』

姉兎だけでなく、鈴ノ助まで驚いて声を上げた。

釜爺と、その中にいたネズも息を呑んでいる。

数秒の沈黙の後に、姉兎が口を開いた。

『穂澄、分かってる？　霧になるって、消えることよ？　死ぬことよ？』

「分かってる」

『死んでもいいってこと？』

「——そう思ってる」

『なんで⁉』と姉兎が叫んだ。

『なに馬鹿な事を言ってるの？　術者と契約すればいいだけじゃない！　淫兎は夢に入り込

んで心を操る技を持っているから、たいていの術者は喜んで式神にしてくれるわよ。ただ、契約するだけよ！　契約して、月に数回交尾して精を貰うだけよ！』

「それが、……嫌なんだよ」

『なにが⁉』

姉兎が怒鳴る。

『交尾することが？　分かるわ。あなたは雄だから、同じ男性の術者と交尾するのが嫌な気持ちは分かる。だけど、仕方ないじゃない。淫兎は雄の生き物の精を貰わなくちゃ生きられないんだから。我慢して交尾して、生き延びなさいよ』

「——違う」

『何が違うの。だったら、何が嫌なの』

「契約をするのが、嫌なんだ」

『だから、契約のための交尾くらい我慢しなさいって。あなたは雄で生まれてしまったけど、淫兎は本来は雌、そういう生き物なの』

「違うってば、姉さま。僕は雄と交尾するのが嫌なんじゃないよ」

『じゃあ、なにが嫌なのよ』

「僕は、……式神になりたくないんだ、姉さま」

『式神にならなくちゃ、術者に頼らなくちゃ生きていけないって言ってるでしょ！』

声を荒げた姉兎に、穂澄はとうとう叫ぶように大声を出してしまう。

「だったら、僕は生きなくていいよ！」

怒鳴った穂澄を、姉が目を丸くして見つめた。

「式神になってなにをするの？　姉さま」

『なにって、……術者の命令に従って怨霊や妖、時には人間を攻撃するのよ』

「攻撃された相手はどうなるの？」

『――消滅するか、精神を壊して……』

「僕は、それをしたくないんだ。術者と契約したら、命令を守らなくちゃいけない。何十、何百の相手を殺したり壊したり、……嫌なんだよ」

『仕方ないじゃない。それは、術者に精を貰う対価よ。私たちはそうしなくちゃ生きていけないのよ、穂澄』

「だったら、僕は生きていかなくていい」

『穂澄！』

頭ごなしに姉兎に怒鳴られ、穂澄はかっとした。

そしてとうとう、戒めていた言葉を口に出してしまう。

「姉さまたちみたいに、誰かを殺したり壊したりしてまで僕は生きていたくない……！　そんなことをするくらいだったら、僕は大人しく霧になるよ！」

部屋に沈黙が落ちた。

姉兎が言葉を失って、穂澄を見つめている。

見開かれて震える赤い瞳に、穂澄ははっとした。一瞬で激情が冷める。

——言い過ぎた。

「姉さま、ごめ……」

だが姉兎は、青い顔のまま穂澄の脇を抜けた。

「待って、姉さま」

呼び止める穂澄を振り返ることもしないで、窓に足を掛けるとそのまま跳躍する。

「姉さま！」

穂澄が慌てて窓から顔を出す。

だが、姉兎の姿はもうどこにもなかった。

「…………姉、さま」

穂澄は色を失い、その場でずるずると崩れ落ちた。

ぽろっと涙が零れ落ちる。ひいっく、と喉が鳴った。

——傷つけた。姉さまを傷つけてしまった。

衝撃に瞠られた赤い瞳、強張った顔が脳裏に蘇る。

——酷いことを言った。姉さまたちの生き様まで否定するつもりはなかったのに……！

どうしてあんな言い方しかできなかったのかと、身を切り刻みたくなるほどの後悔が全身に溢《あふ》れた。ごめんなさいごめんなさい、と心のなかで繰り返すたびに肺が震えて情けない泣き声を漏らし、涙が押し出される。

穂澄は耳を引っ張り、後悔に溢れて窓の下でうずくまった。

抑えたくても、しゃくりあげる声が止まらない。涙を止められない。それが嫌で、どうにかしたくて、穂澄はとうとう兎に戻った。

兎になれば、声が抑えられる。涙も零れない。

――ごめんなさい、姉さま。

自分のことを心配して探してくれていたのに。助けるために来てくれたのに。

どうしてちゃんと言えなかったのか。雄で生まれてしまった自分が今まで生きられただけで十分だと。こんな出来損ないには、誰かの命を奪ったり苦しめたりしてまで生きる価値はないと思うから、もう霧になってしまってもいいのだと。姉さまたちを否定したわけじゃない。今まで守ってくれた姉さまたちには心から感謝していると、どうして言わなかったのか。

――ごめんなさい。傷つけるつもりなんてなかったのに……！

小さな兎になって耳を押さえて、キューキューと呻《うめ》きながら穂澄は泣いた。

どのくらいそうやって泣いていただろうか。

やがて泣き止《や》んだ穂澄《ほずみ》に、鈴ノ助《すずのすけ》とネズがそろりと近づいた。

『――穂澄、あんた、死んじゃうの？』

恐る恐るという声。穂澄は顔を上げた。

どうしていいか分からないという歪《ゆが》んだ二匹の顔が目に入る。

『このあいだほっちゃんが六辻《むつじ》さんに話した、望んで術者と契約を結ぶ妖《あやかし》って、そうしなくちゃ生きられない妖って、ほっちゃんたちのこと……？』

ゆっくりと身を起こし、穂澄は頷《うなず》いた。

『成体になった淫兎《いんと》は、雄の生き物から精を得ないと霧になって消えちゃうんです。淫兎はね、色狂いとか色々悪く言われてるけど、そうしないと生きられない妖なんですよ。昔は妖を見られる人が大勢いたから、そんな男性の夢に勝手に入って精を頂戴《ちょうだい》することもできたけど、今は人が神や妖の存在を信じなくなったから、夢に入り込めなくて……』

思い当たる節が多いのか、鈴ノ助とネズは神妙に話を聞いている。

『だから、今の時代の淫兎は、神や妖の存在を知っていて力のある人――、術者と契約を結んで、式神になるんです。術者に力を増幅してもらって、妖を信じていない普通の人の夢に入り込んで精を頂戴したり、あるいは、術者自身に精を貰《もら》って生き延びたりするために。

……そうしないと生きていけないいんです』

『穂澄は成体なの……？』

『まだ完全に成体になってはいませんけど、そろそろです。どれだけ野菜や果物を食べても、体力が戻る気配がないから……』

『もしかして、味が分からないのも、体の調子が良くないのも？』

『――はい』

鈴ノ助とネズの顔が強張《こわば》る。壁際に置かれている釜爺《かまじい》も息を呑《の》んだようだった。

『穂澄は……それでいいの？　もう諦《あきら》めてるの？』

こっくりと穂澄は頷いた。

『僕はもういいんです。あり得ないはずの雄の淫兎が生まれたことがまず間違いで、それが今まで生きてこられただけで奇跡なんです。姉さま、綺麗《きれい》だったでしょう？　あれが本当の淫兎なんです。雄の淫兎なんて、なんの役にも立ちません。そんな出来損ないで役立たずの僕を、姉さまたちが守ってくれて今まで生きられただけでもう十分幸せなんです。他の誰かの命を奪ったり、苦しめたりしてまで生きようなんて考えてません』

『――ほっちゃんは、役立たずなんかじゃないよ』

ネズがぽつりと言った。

『ほっちゃんが来てくれて、家の中のことやってくれて助かってるし、六辻さんにも美味《おい》しいご飯を食べさせられてるし、……おいらたちも、すごく楽しいもん』

ネズの言葉に、穂澄は前肢《まえあし》で顔を覆った。

『そんな、優しいこと言わないでください……』

出ていけなくなるという言葉を穂澄は呑みこむ。

だけど、鈴ノ助は敏感にそれを感じ取ったようだった。いきなり目を吊《つ》り上げて、『穂澄、あんたもしかして……、ここを出ていくつもりだった？』とにじり寄る。

『――え……？』

言い当てられて穂澄は焦った。

『そうなのね』

鈴ノ助は毛を逆立てて穂澄を見下ろした。ものすごく怒っているのが一目瞭然《りょうぜん》だ。

『穂澄！』

シャーッと怒鳴られて、穂澄は首を竦《すく》める。

否定できないことが答えだった。

『なに考えてるのよ！　なんでそんな大事なことを言わないのよ！』と鈴ノ助が声を荒げる。

『だって、――言ったって、もうどうにもならないし……』

『それで黙って消えるつもりだったっていうの!?　酷《ひど》いじゃない。あたしたちの気持ちは？』

『だから僕は、元気なうちに、ばれないうちにここを出ていくつもりだったんです！』

思わず声を荒げてしまった穂澄の瞼《まぶた》が熱くなり、鼻もつんと痛くなる。

『それなのに、みなさんが、――僕にしか買い物ができないとか、料理できないとか言うから。僕も、ありがとうとか、役に立ってるとか、温かい言葉が嬉しくて、もうちょっと、もうちょっとって……』

穂澄の顔が歪む。

鈴ノ助とネズが息を呑んで黙った。不自然な沈黙が訪れる。

やがて、『穂澄』と鈴ノ助が神妙に口を開いた。

『六辻に頼んで、交尾してもらったら？　そうしたら生きられるんでしょう？』

『だめです』と穂澄は首を振る。

『六辻さんは術者でしょう？　淫兎は、最初に交尾した術者を自分の主人として勝手に心の契約を結んじゃうんです。たぶん、そのあとで淫妖として何度も不特定多数と交尾することになるから、自分の心を守るための本能でしょうね。最初に交尾した術者に、絶対の情愛を向けちゃうんですよ。――式神を持たないってあれだけ強く心に決めている六辻さんに、そんなことさせられません』

鈴ノ助がぐっと口を引き結んだ。

その顔に、穂澄は小さく微笑《ほほえ》みかける。

『だから、――六辻さんには絶対にこのことは言わないでくださいね。本当に優しい人だから、きっと気にしてしまうでしょう？』

しんとした沈黙が落ちる。

穂澄は顔を上げて窓から外を見上げた。

青い夏空。市民の森から見た空と同じ色。

あそこにいた時は、消えることは怖くなかった。

だけど今は、――切ない。ここにいたいと思ってしまう。そう思える場所を得られたことは幸せなのだろうけど、……苦しい。

耳を後ろに倒して、畳の上でぐうーっと伸びをする。

突然長く伸びた穂澄に、鈴ノ助とネズが驚いた顔をした。

穂澄はふう、と息を吐いた。くりくりと顔を擦《こす》ってから笑う。

『休んだら元気になりました。ごはん、作りますね。六辻さんに美味しいもの食べてもらいましょう』

――あと、何回作れるか分からないけど。

心を込めて作ろうと穂澄は思った。

鶏肉と大根の煮物とわかめのお味噌汁《みそしる》。炊き立てごはん。スイカ。

冷蔵庫にあったもので作った夕飯は、いつもよりも少し質素だった。

だけど、いつもの通りに「美味しい」と食べてくれる六辻に穂澄は笑った。

「ごちそうさまでした。美味しかったよ。みんな、ありがとう」

箸《はし》を揃《そろ》え、丁寧に手を合わせる六辻に、穂澄がにこにこして「良かったです。お茶淹《い》れますか？」と尋ねる。

そんな穂澄と六辻を、鈴ノ助とネズが釜爺の前で複雑な顔をして見ていた。ちらりとネズを見たのは鈴ノ助。素早く目くばせした後、唐突に口を開く。

『ねえ六辻、穂澄が作った夕飯、美味しかった？』

「美味しかったよ」

『本当に？』

「本当だよ。どうした？」

いつになくしつこい鈴ノ助に、六辻が苦笑して尋ねる。

小さな額を指で突《つつ》かれながら、鈴ノ助が伸び上がった。

『六辻、だったらね、穂澄にご褒美あげてくれない？』

「ご褒美？」

お茶を淹れる湯を沸かそうと立ち上がりかけていた穂澄は、鈴ノ助の突然の発言に動きを止めた。いったい何を言い出すのかと驚く。

そんな穂澄を、鈴ノ助はちらりと見た。

『六辻、このあいだ穂澄の頭にチュッてしたんでしょ？　穂澄ね、あれ、ものすごく嬉しかったんですって。だからほら、今度は頬《ほお》にチュッとか、ね？』

「鈴ノ助さん⁉」

とんでもない提案に穂澄は焦る。

『六辻のために、あの子、すっごく心を込めて作ったのよ。だからね、どう？』

「ええ？　いえ、いいです。とんでもない。心を込めているのは鈴ノ助さんだって……」

「いいのか鈴ノ助？　穂澄、真っ赤だぞ」

六辻が可笑《おか》しそうに笑って穂澄を指差す。

『いいのよ、ちょーっとね、この子で遊びたい気分なの』とにんまりと鈴ノ助が笑った。

「鈴ノ助さんっ！」

顔を真っ赤に染めた穂澄の耳は、真《ま》っ直《す》ぐになったり倒れたり、動揺そのままに落ち着かなく動いている。その耳の様子を見て、六辻がぷっと吹き出した。

『いえーい、六辻さんやっちゃえーっ』

ネズが茶化して走り回り、釜爺が蓋《ふた》を鳴らす。炊き立てご飯が残っているので、いつもより響きは鈍い。きょとんとしているのは遊び火の兄弟だ。日中は姿を消している彼らは、この部屋で昼過ぎに起きたことを知らない。

賑《にぎ》やかに囃《はや》されて、六辻がくっと笑った。おろおろしている穂澄に腰を浮かして近寄る。

焦ってじりじりと後ずさる穂澄の腕を引いて、六辻はその頬にちょんと唇を触れさせた。

ぼわっと穂澄の顔が火を噴く。六辻の唇が触れたのは一瞬なのに、その場所を起点に火の玉を抱えているみたいにものすごく熱くなる。

『いえーい、イエイ！　いいねえ、ほっちゃん真っ赤！』

『あら穂澄、なに六辻を押し返しているの？　嫌だった？　あたしたちご褒美間違えた？』

「い、いいえ、嫌なんかじゃ……」と穂澄は慌てて首を振る。

『じゃあ、嬉しい？』とにんまりする鈴ノ助に、「はい」と顔を真っ赤にして消え入るように穂澄は答えてしまう。六辻にキスをされて嬉しくないはずがない。

『だったらね、穂澄もお返しに六辻にキスしてあげなさいよ』

「ええ……っ？」

何を言い出すのやら、穂澄の頭はパンクしそうだ。

『嬉しいことをしてもらったら、感謝の気持ちを返す。常識よ』

「で、でも、六辻さんはそんなことされたら嫌なんじゃ……」

『嫌？　六辻』

「べつに」と六辻はくつくつと笑っている。どうしたことか、こんな時に限って、鈴ノ助が仕掛けた遊びに六辻も乗ってしまっている。

『嫌じゃないって、穂澄。ほら』

六辻はあぐらをかいて畳に座り、目を細めて穂澄を見ている。

その楽しそうな笑顔にぽうっとした。

「じゃ、じゃあ……」

六辻ににじり寄り、あぐらをかいた膝《ひざ》に手を載せて伸び上がり、穂澄は目の前の頰に、そっと唇を当てた。

——熱い。

ぼわっと顔が燃え、心臓が怖いくらいにばくばくと音を立てだす。

唇を触れさせたまま離すことができない。吸いつけられてしまったように、穂澄は目を閉じた。肺の中に満ちてくる六辻の匂《にお》いに幸福感が膨れ上がる。

『六辻、唇にもさせてやったら駄目？』

続く鈴ノ助の爆弾発言に、今度こそ六辻は吹き出しそうになる。

「ええええっ？」

だが、「いいよ」と六辻は楽しそうに笑った。続けて目を閉じられては穂澄も断れない。

「——……、……っ」

眩暈がしそうだ。穂澄は、くらくらしながらそっと唇を重ねた。

最初に感じたのは、柔らかさだった。

——頰よりも、もっと熱い。

緩くあいた唇の間から漏れる息が互いの口内に流れ込み……。

――あ……。

穂澄は目を瞬《またた》いた。

六辻の吐息からわずかに精が流れ込み、だるかった体がすうっと楽になったのだ。

びっくりする。

――なにこれ。

どんどんだるさが薄れていく。信じられない思いだった。

やがて、のろのろと唇を離した穂澄の顔を見て、六辻が可笑しそうに笑いだす。

「穂澄、その顔……真っ赤」

恥ずかしさが爆発する。

あまりにも動揺しすぎて、穂澄はぽんっと兎《うさぎ》に戻ってしまった。小さな獣の体の上に遅れて落ちてきた自分が着ていた服の中で、真っ赤になって耳を押さえこむ。

聞こえるのは楽しそうな笑い声。六辻が笑い、ネズが囃し立てている。

恥ずかしさに耐えられなくて服に埋もれたのだけど、じわじわと湧きあがってきたのは、思いがけず六辻とキスしてしまった幸福感。ばくばくと心臓が鳴っている。

そして、感謝の気持ち。わずかでもいいから穂澄に精を与えようと、この部屋の優しい妖たちが画策してくれたのだと、穂澄は今になって気づいていた。きっと、物知りなネズや釜爺が、交尾でなくても精を貰えると知っていたのだろう。

――ありがとうございます。

色々な意味で幸せで、兎の耳の内側まで真っ赤にしながら、穂澄はうずくまって震えた。

◆

そっと人差し指で自分の唇に触れる。

柔らかい。

――昨日も、ここに六辻さんの唇が触れた。

指を二本に増やして並べて、その腹を唇に当てる。

目を閉じて、薄く唇を開けてみた。

六辻とキスをした時のように、ちろっと舌を出して指を舐《な》めた……途端に、ぼわっと顔が熱くなり、穂澄は慌てて指を離した。

ここのところ、時々、六辻と舌の先が触れることがあるのだ。そうすると、唇だけを合わせている時とは段違いに大量の力が流れ込んでくる。それもありがたいけど、穂澄にとっては、六辻と舌で触れ合った事実が嬉しくて恥ずかしくて、でも何よりも幸せで……。

ばくばくと心臓が音を立てて、首筋が湿っている。

――恥ずかしい。恥ずかしい。

赤くなった頰を両手で包んでうずくまる。

胸がきゅうきゅうと締め付けられて息苦しいほどだ。

六辻のことを思いだすと勝手に心臓が暴れ出す。ふわふわとして雲の上にいるような温かい気持ちになり、他のことに集中できなくなる。

初めてキスをしたあの夜、六辻がシャワーを浴びに席を外した時に、鈴ノ助たちは穂澄に言った。

『あたしたちが、できるだけチャンスを作るから、穂澄は遠慮したり照れたりしないで、ちゃんと六辻とキスをして精を受け取りなさいよ』

その言葉通りに、食事を作るたび、なにか家事をして六辻が「ありがとう」と言うたび、鈴ノ助たちは『ご褒美は？　穂澄にご褒美あげてよ』と六辻をせっつくようになった。

六辻も心得たようにチュッとキスをくれる。それは、最初こそ一瞬触れるだけの小鳥のようなキスだったが、その後は鈴ノ助やネズたちにそそのかされたりして、何回かに一回は舌と舌が触れ合うような濃いものになったりする。

『真っ赤になって楽しいー』と鈴ノ助たちは穂澄をからかう。

『もっと赤くなるかな。やっちゃえ、そらいけ、六辻』とゲームのように盛り上げるのは常套《じょうとう》手段だ。さすがにやりすぎて「悪趣味だな」と苦笑された時には『だって、楽しいんだもん』と開き直って尻尾をぴんと立てた。ネズも鈴ノ助の頭の上に座り『楽しいんだもーん』と尻尾を躍らせていた。

口達者で策略家の鈴ノ助とネズ、釜爺の手に掛かり、いつの間にか、毎日のようにキスするのが普通になってしまっている。彼らには、もう、感謝の気持ちしか浮かばない。

そして、それとともに、穂澄の心の中にはまた別の温かい気持ちが生まれていた。

六辻のことを思いだすと、ばくばくと心臓が音を立て、じわりと体が熱くなるのだ。

それが特別な感情、――恋心だということは、疎い穂澄でもさすがに気付いた。

笑顔が好き。頬に触れる大きな手が好き。穏やかな仕草が好き。

妖を殺したくないと思う優しい心も、それを貫くために生まれ故郷を飛び出すような頑固さも愛《いと》しい。それは、六辻の優しさと強さの証明だ。

――大好き。

自分の胸に手を当てて、とくとくと音を立てる心臓を意識する。

でも穂澄は、その心を素直には認められずにいる。こんなに六辻を意識するようになったのが、彼とキスをしはじめてからだからだ。

――この気持ちは、単に僕が淫兎だからかもしれない。

淫兎は惚《ほ》れっぽい。

もともと兎自体が年中発情期と言われるくらい多情な獣だが、淫兎は更に惚れっぽい性格をしている。対象を性技で操る妖だから、そもそもその行為自体が好きではあるが、それでも相手に嫌悪感を抱《いだ》いていては辛いものがある。だから、技を施して相手を夢見心地にしている間、淫兎はその一瞬一瞬に相手に短い恋をするのだ。心を尽くして相手の欲情を操る、それが淫兎だ。

そして、繰り返す短い恋よりも更に強い恋情を、淫兎は自分と契約した術者に抱く。おそらくそれは、自分の心を守るため。何よりも強い恋心を主人に抱いているから、その命令に従って獲物に短い恋をして性技を施す自分を許せるのだ。

穂澄は六辻と契約したわけではない。

だけど、キスをして少しずつとはいえ精をもらうようになって、契約のような感情を抱いてしまったのではないかと。初めて精をくれた六辻を、勝手に主人認定してしまったのではないかと、そんな不安も湧き上がる。

——六辻さんは、式神を持たないと言っていたのに……。

きっと、こんな感情は六辻には迷惑だ。

六辻は、穂澄を単なる化け兎だと思っているから、あっさりとキスができるのだろう。もし穂澄が淫兎だと知っていたら、惚れっぽくて勝手に主人認定をするような妖だと知っていたら、……きっとこんなに優しくしないはずだ。

——ばれないようにしよう。

穂澄はそう心に決めた。

六辻に傾く心はどうしようもない。

自分に居場所をくれた人。みそっかすで、生まれてきたのが間違いだと思い縮こまっていた自分に、それでも役に立つことができると前を向かせてくれた人。ありがとう、と言ってくれる言葉が、向けられる笑顔がどれだけ嬉しかったか。

だから、せめて迷惑を掛けないように。

自分が六辻を好きになっていることを、気付かれないように。

でも……。

——こんな気持ちを隠し持っていることだけはどうか許して。

穂澄は胸に当てた手をきゅっと握った。

キスのたびに六辻からほんの少しずつ精を貰い、穂澄の体調は現状維持している。回復はしないが、悪くもならない。目の前に迫っていた霧になる危機は一旦遠ざかったが、代わりに恋心が穂澄の心に降り積もっていく。

そんな甘酸っぱくも切ない日々を過ごしていたある日、珍しい客人が六辻の部屋を訪れた。

「六辻、いるー?」と部屋のドアを叩いたのは、六辻の従兄弟《いとこ》だという術者だった。

「伊波《いなみ》じゃないか。どうした突然」

ドアを開けて驚く六辻の声に剣呑《けんのん》な色はない。

「このあたりの偵察に来たついでにね」

明るく笑う伊波を「上がるか?」と部屋に招いた六辻と、「ありがとう」とあっさりと靴を脱いだ伊波の様子から、二人の仲がそれなりに気が置けないものだと見て取れる。

六辻よりも何歳か年下に見える彼は、式神を一人だけ連れていた。それを警戒したのか、鈴ノ助は、ささっと簞笥の上に登り、バスタオルの上でただの猫のように丸くなる。ネズは釜爺の中に飛び込み、釜爺は蓋を閉じて沈黙した。兎に戻り損ねた穂澄だけが、部屋の中で立ち尽くしてしまう。

伊波は、穂澄を見てにっこりと笑った。

「あれ? また妖が増えたの?」

「ああ。穂澄だ」

「へえ。化け兎だ」

穂澄の頭にある耳と性別から判断したのだろう。彼も、穂澄が淫兎だとは欠片《かけら》も思わないようだった。

「穂澄、お湯を沸かしてお茶を淹れてくれるか?」

「冷蔵庫に麦茶がありますけど、熱いのでいいんですか?」

「ああ。こいつは年中熱いものしか飲まないんだ」

六辻の言葉に、「覚えていてくれてありがとう」と伊波がまた笑う。

屈託ない笑顔が印象的な人だと穂澄は思った。二十歳《はたち》は過ぎていそうなのに、子供のように笑う。従兄弟だから連雀《れんじゃく》一族の人間のはずなのに、六辻の話で聞いた一族の印象とはだいぶ異なる気がした。

「ご一緒の妖さんは、熱いのと冷たいのどっちがいいですか？」

尋ねた穂澄に、伊波は「霧虎《きりとら》は飲まないから大丈夫。気を遣ってくれてありがとう」と目を細くする。

――霧虎さんって言うんだ。

穂澄はちらりと伊波の後ろに立つ印象的な式神を見る。

妖の外見は年齢とは直結しないけど、六辻と同じぐらいの年頃に見えた。そして、背が高い六辻よりもさらに背が高い。吊りあがった目尻が気難しさと同時に色気をも感じさせる美しい妖だった。お洒落《しゃれ》に結い上げた白く長い髪を結ぶのは、伊波の手首に結んであるものと同じ朱色の組み紐《ひも》で、それが彼が伊波の式神だと示している。

腰を下ろしながら「仕事はどう？」と尋ねる伊波に、六辻は「表の？　裏の？」と短く返す。

「どっちも。虹烏《にじがらす》は見つかった？」

「それを聞くか？　見つかるわけないだろ」

苦笑いをする六辻に穂澄は驚く。この従兄弟に本当に気を許しているのだと思った。

「やっぱり？」

あはは、と伊波が笑う。

「というか、真面目に探してる？」

「一応は探してるよ。第一命題だからな。だけど、正直言うと、これまで三百年以上探し続けて見つからないものを、どうやって探したらいいのか見当もつかないんだよ。最後の虹烏は、屋敷に迷い込んだ飛べない烏が姿を変えたというじゃないか。その次は庭にいた枯れそうな桜。最後は、屋敷の縁の下にいた瀕死《ひんし》の蛇《へび》。虹烏が今どんな姿をしているのか、それ以前に、そもそも虹烏が今の時代にいるのか、それすらもまったく分からない」

「だよね。まあ、本山も本気で六辻をあてにしてるわけじゃないだろうけど、虹烏を捕まえるのはもう何代も続いている大望だからなぁ。じゃあ、表の仕事のほうは？　警察は忙しい？」

「普段通りだよ。大事件があれば連日泊まりになるし、なければ四日に一日休み」

「最近は大事件は？」

「ないな。——ないけど、もやっとしているのはある。小さな事件……窃盗とかひったくりとか当て逃げとかが頻発している場所があるんだ。あれは、偶然というよりは必然だな。なにかが場を乱しているような気がする」

「そこの駅あたりから都心の方向にかけての一帯。違う？」

顔を上げた六辻に、伊波がにっこりと笑う。

「当たりでしょ。実は、俺もそれ絡みなんだ。某政治家さんがね、今度の選挙でそこの場所をあてがわれるんだけど、あまりに風紀が悪いからどうすればいいか占ってくれって本山に来たんだよ。そうしたら、風水以前の問題だってことになって」

六辻が眉《まゆ》を寄せる。

「――このあいだ叔父上《おじうえ》に会ったけど、それか？」

「そう。どうにも範囲が広すぎて、父さんだけでは手に負えないからって俺も投入されたんだ。……大丈夫？　六辻」

おもむろに心配げな顔になった伊波に、六辻が「なにが？」と問い返す。

「父さんにこれまでの経緯を聞いた時に、……東雲《しののめ》を使って怨霊《おんりょう》を始末したひき逃げ現場に、鑑識として六辻が来ていたって言ってて」

六辻の顔が引きつった。わずかに青ざめる。

「――東雲の最後を、見たんだろ？」

台所で茶を淹れながら耳を澄ましていた穂澄はどきりとする。

これは、あの、六辻がうなされた夜の話だ。

「東雲は、六辻が特に慕ってた妖だったから……」

伊波は六辻の顔を正面から見つめて口を閉じた。

少しの沈黙のあと、六辻が溜《た》めていた息を吐き出し、目を伏せて苦く笑った。

「それで、心配して来てくれたのか」

「まあね。昔から六辻は、親しい妖が消えるのを見るとしばらくうなされてたから。今回はよりにもよって東雲だったし。また……うなされたんじゃないの？　体調崩してない？」

「半月以上前の話だぞ？　だとしても、もう復活してるさ」

「そうだね。ごめん、父さんに聞いたのが昨日だったから。大丈夫だった？」

心配げな口調の伊波に、六辻は眉を寄せて小さく笑った。

「――大丈夫じゃないけど、大丈夫だった」

「？」

「うなされたよ。久しぶりに心がやられるかと思った。……けど、この部屋の妖たちのおかげで、なんとかなった」

ちょうどお茶を置きに来た穂澄に顔を向けて、六辻は不思議に目を細めた。

そして、そのまま穂澄の腕を摑《つか》んで引きとめる。穂澄は大人しくその場に膝をついた。

「心配してくれてありがとう、伊波。この通り、俺は大丈夫だ」

六辻の手は穂澄の手首を緩く握っている。

「そうみたいだね」と伊波は笑った。

「なんか、楽《らく》そうな顔してる。本山にいた時と違うのはもちろんだけど、二年くらい前に会った時よりも全然いいよ。なにか吹っ切った？」

六辻が目を伏せる。

「吹っ切ったというか、気持ちが纏《まと》まってきたのかな。この部屋の妖たちが愛しいんだ。俺を心配して、俺のことを考えて、いろいろと心を砕いてくれるこの妖たちが楽しそうに日々を過ごしてくれればそれでいいのかもしれないって」

「不特定多数の妖は切り捨てるって？」

「切り捨てるというより、重みが違ってきた感じかな」

そして、穂澄の頭をぽんと撫《な》でる。

「この穂澄が言ったんだよ。——俺はずっと、自分が連雀の本家の人間で、妖を式神として物のように使っていることを後ろめたく思ってきたんだけど、……術者と契約して式神になることを望む妖もいるって。そうしなければ生きられない妖もいて、そういう妖にとって、術者は救世主なんだって言ってくれたんだ。その言葉で、すごく心が楽になった」

穂澄は驚いて六辻を見つめた。

自分の言葉がそんなに六辻に響いているとは思わなかったのだ。

「もちろん、すべての式神がそうだと言うつもりはないよ。道具のように使って妖の命を縮めることを正当化するつもりは毛頭ない。だけど、……そんなふうに色々な思いを持つ妖がいるのなら、この部屋にいる妖の気持ちをちゃんと受け止めてもいいのかと思えたんだ」

そして、六辻は伊波に眉を寄せて笑いかけた。

「ここにいる妖たちは、みんな優しいんだよ。俺に心を寄せてくれているのは、前からよく分かってた。だけど俺は、陰で彼らの仲間の妖を道具にしている一族の人間だってことが後ろめたくて、申し訳なくて、ずっとあえて距離を置いていたんだ。でも、この穂澄の言葉がきっかけになって、彼らの気持ちをそのまま受け止められるようになって、そうしたら、――驚くくらいに目の前が開けた」

伊波は微笑んで六辻の言葉を聞いている。「東雲の時も、夜中にうなされた俺を、穂澄がずっと抱きしめてくれていたらしい。そうしろと言ったのは、この部屋の妖たち。自分たちは小さな獣や物でしかないから、人間になれる穂澄が抱きしめてやれ、と。優しい妖たちだろ？　その他にも、俺の食事の心配をしたり、まるで家族……みたいなんだよ」

穂澄の手を握った六辻の手に力が籠《こも》り、体温と一緒に気持ちが流れ込んでくる気がした。穂澄も思わず、きゅっと六辻の手を握り締める。

それを受けてか、六辻がふっと微笑んだ。

「なんていうのかな、不特定多数の大勢の妖たちに対する罪を背負って閉じこもって生きるよりも、この部屋の妖たちとか、身近な彼らを大切にしようと思ったんだ。ずるいかもしれないけど」

伊波はにっこりと笑い、「いいんじゃない？」と囁《ささや》いた。

「六辻は今までものすごくフラットだったから。平等って、聞こえはいいけど言い換えれば何にも執着してないってことだよ。本当は、本山を出た後、六辻のフラット感がいっそう強くなった気がして少し気がかりだったんだ。だから、今日会って何か変わった気がしたんだけど、——大切なものが見つかったからだったんだね。安心した」

ゆっくりと言い終えて、伊波は湯呑みを手に取る。

淹れ立てのお茶が入っているからかなり熱いはずなのに、そのまま横から触れた伊波に穂澄は驚く。それどころか、手を温めるように伊波はそれを両手で包んだ。

六辻も気づいたようで「伊波」と顔を顰《しか》めて手を差し出す。

心得たようにその手に自分の手を乗せて、伊波は「六辻も優しいよね。昔からよくこうやって六辻に温めてもらったなぁ」と頬を緩めた。

「相変わらず氷みたいな手だな」

「これぱっかりは、どうしようもないね」

苦笑した伊波の手を、横にいる霧虎が六辻から取り上げる。伊波は、無表情に自分の手を握った彼を振り返って「ありがとう霧虎」と微笑み、六辻に視線を戻した。

「この通り、六辻の代わりに、今は霧虎が温めてくれるから大丈夫だよ」

「今でも伊波の式神は霧虎と雲外鏡《うんがいきょう》だけなのか？」

「そうだよ。——べつに六辻に感化されたわけじゃないけど、俺は、この二人以外の式神は使わないって決めてるから。そのために霧虎に頼み込んで式神になってもらったんだし」

「霧虎も雲外鏡も強いからな」

「うん。――六辻もさ、強い妖を式神にするっていう手もあるよ。そうしたらさ、あの人たちにぎゃあぎゃあ言われることもなく、堂々と本山に出入りできるんじゃないの？」

「本山にはもう足を踏み入れる気はないからいいんだ。それに、どちらにしても、霧虎ほど強い妖たちはそう契約できるものじゃないよ。伊波が霧虎を式神にしたって聞いたときには俺も驚いたよ」

「俺も、本当に契約してもらえるとは思ってなかった」

あはは、と声を出して伊波は笑う。その左手は霧虎の大きな手に包まれたままだ。霧虎は黙ったまま、その手を見つめている。

「俺は式神として、六辻は家族として。俺も六辻も、大切な妖が傍《そば》にいるってことだね。よかった、安心したよ」

伊波の言葉に、六辻は「そうだな」と表情を和らげた。六辻の顔を見て伊波も微笑む。

「このあたりの場を乱している原因について、もし何か情報を掴んだら教えてね。一応それも本題だから」と言い置いて、伊波は去っていった。

小柄な伊波の隣を、背が高い妖が歩く。彼の髪を結んでいる組み紐と伊波の手首にある組み紐を、穂澄はぼんやりと見つめた。繊細な朱色が穂澄の目に焼きつく。

「どうした、穂澄」

並んで伊波を見送っていた六辻が尋ねた。

「いいな、と思って」

「いいな?」

「あのお揃いの組み紐。組み紐は本当は式神を縛る鎖なんでしょうけど、なんだかもっと優しいもの、……信頼し合っている印みたいに見えて」

式神になって誰かを苦しめるのは嫌だけど、あのような形で誰かと強く繋《つな》がれたらどれだけ幸せだろうと思う。

――矛盾してる。式神は嫌なのに契約したいとか。それが六辻だったら……とか。

小さくなっていく後ろ姿を見つめる穂澄の頭に、六辻がぽんと手を置いた。

「連雀の組み紐は切ると効力が弱まるから、あんな繋ぎ方だと、本当は霧虎みたいに力が強い妖には意味を為《な》さないんだろうな。だけど、霧虎は逃げない。それが伊波と霧虎の関係なんだよ」

「六辻さんは伊波さんと仲がいいんですね」

「数少ない子供だったからな。異能を守るために近親婚を繰り返したせいで、連雀は子供があまり生まれないんだよ。伊波は俺より三歳年下だけど、一番近い子供だったんだ。幼い時はほとんど一緒にいたんだ」

「一族のなかにも、あんなふうに仲がいい人がいるって知って、――ほっとしました」

自分を見上げて微笑んだ穂澄に、六辻は少し目を丸くした。

頭に触れていた手が肩に移り、ぐいと抱き寄せられて穂澄は驚く。

「ありがとうな、穂澄」

「え……？」

「さっきの言葉は本当だよ。穂澄の言葉で俺は救われたんだ。前にも言ったけど、――穂澄をあの時拾ったのが、俺の最高の幸運だったと思ってる」

見つめて微笑まれて、穂澄の顔が一気に真っ赤になる。

「い、いえ、――あの、とんでもないです。拾ってもらった僕のほうがよほど……」

ぷっと六辻が笑い出した。

「そう言うと思った。だけど、俺の気持ちは変わらないよ。穂澄の優しさとか、気配りとか、柔らかいところに俺はすごく救われてる。特別な妖だよ。尊敬するし、可愛いと思う」

ぶわっと全身が熱くなる。そんなことまで言われて、嬉しいやら恐れ多いやらで、穂澄はもうどうしていいか分からない。

「いえ、いえ、……あの、……っ」

首まで真っ赤になった穂澄の頭に、六辻がくすくすと笑いながら唇を寄せた。

「いつも他人のことばかり思いやっている穂澄さん、あなたの願いはなんですか？」

芝居がかった口調で囁き、六辻はぽんと穂澄の頭を撫でた。

「お礼に、俺が叶えてやるよ。考えておきな。――さあ部屋に戻ろう」

階段を上る後ろ姿を穂澄は真っ赤になって見つめる。

――願いなんて……。

ない、と考えた途端に、はっと思いついた。

――生きたい。

じわっと瞼が熱くなる。

――そうだ。もっと生きたい。霧になんかなりたくない。

ここにいたい。六辻さんのそばにいたい。六辻さんと過ごしたい。笑顔を見ていたい。鈴ノ助さんとか、ネズさんとか、釜爺さんとか、みんなといて、みんなの役に立つことをして、ありがとうって言われて、……笑いながら、楽しく過ごしたい。消えたくない。――死にたくない。

「なんで……」

思わず呟《つぶや》いてしまう。

――なんで最後に、こんな場所を知ってしまったんだろう。こんな温かい場所があるって知らなかったら、すんなりと消えられたのに。霧になれたのに。

今では、この場所を離れることがこんなに苦しい。

「穂澄？」

階段の途中で六辻が振り返った。

「――今、行きます」

穂澄はさりげなく目をこすって六辻を追いかける。

部屋に戻ると、鈴ノ助とネズが玄関で待ち構えていた。

目を潤ませ、『六辻ーっ』『六辻さーん』と飛びつく。

「どうした」と目を丸くする六辻に、『あたしたちも、六辻のこと大好きだから。家族だと思ってるから』とニャーニャーチュウチュウと鳴き声を立てた。釜爺も『わしもだ、わしもだ』と蓋をかたかた鳴らす。

『穂澄と一緒に、おいしいご飯作るからね！』

『わしは飯を炊く』

『ああ、おいら何しよう。なにもできないーっ』

六辻の肩から走り下りて、畳の上を走り回るネズに穂澄は笑った。

「そんなことないですよ。ネズさん、また僕と一緒にお買い物行ってください。僕一人じゃまだ怖いんです。新鮮なお野菜も選べないし」

ぴたりと動きを止めたネズが『ひゃっほう』と飛び上がる。

『そうだ、買い物があった。任せて！　おいらいくらでも張り切っちゃうよ』

にぎやかな彼らに穂澄は顔を赤くしたまま笑った。

落ち込む暇もくれない彼らが愛しくて、ありがたい。

――そうだ、いつまでいられるか分からないからこそ、この幸せを大事にしよう。

「ネズさん、今日の買い物に行きましょう。鈴ノ助さん、リストできてます？」

『できてるわよー。今日は昨日の残りのアレンジと野菜たっぷりのスープ！』

「だったら、今日は俺も一緒に買い物に行くかな」

「六辻さんも？」

「時にはいいだろ」

『やったー、六辻さんも一緒に買い物だー。おいら張り切っちゃうよ！』

楽しくて、幸せで、穂澄は俯《うつむ》いて笑った。

この場所が大切だ。みんなのこの笑顔が宝物だと思う。

ちらりと見上げたら、鈴ノ助と戯《たわむ》れる六辻の笑顔が目に入り、なぜか泣きたくなった。

――大好き。

六辻の幸せそうな顔を見るたびに、恋心がはらはらと降り積もる。

――迷惑をかけないようにするから、大好きって思う事だけは許して。

穂澄はこっそりと目をこすり、きゅっと両手を握った。

いつ去ってもいいように、六辻の様子を記憶にとどめる。

美味しそうに食べてくれる様子。綺麗な箸使い。

鈴ノ助たちと戯れるやりとり。

寝起きの寝ぼけた表情。

それとは別人のような、仕事から帰ってきたときの凛々《りり》しいスーツ姿。

キスをする直前に、からかうように穂澄を覗《のぞ》き込む黒い瞳《ひとみ》。

……触れる柔らかい唇。

ぼんっと六辻の頬が火を吹いた。

一気に赤くなった頬を慌てて両手で包む。

こんな顔を見られたら、鈴ノ助とネズにからかわれるに決まっている。

——今朝もキスしてくれた。

熱い頬を手の甲で冷やしながら、穂澄は朝の出がけのキスを思い出す。

『ほら穂澄、行ってらっしゃいのチュ。朝のキスはその日の幸せを呼び込むんですって』

そんなこと言われて「いいです」なんて言えない。

真っ赤になって見上げた穂澄に、六辻は笑いながらキスをした。

その時のことを思いだすだけで、全身がほかほかと温かくなる。体は正直だ。

——結局、僕も淫兎なんだな。こんなにキスが嬉しいなんて。

六辻は二本の指でこっそりと自分の唇を撫でながら思う。

ふっと頭に浮かんだのは、このあいだ、霧虎に背中を預けた伊波の姿。伊波は任せ切る表情で霧虎を見上げ、無愛想な霧虎の両手はそのまま脇を通って体の前に回っていた。

——いいな、あの二人。僕もあんなふうに……。

目を閉じて想像した途端に、体がぶるっと震えた。

試しに、六辻の腕の代わりに自分の両腕を前から回して肩を抱いてみる。力をこめる。

——六辻さんの腕の力はもっと強いのかな。手も大きいし……。

『ほっちゃーん』

きゅっと力を入れるのと同時に、いきなりネズに呼ばれて、穂澄は飛び上がった。

我に返り、猛烈に恥ずかしくなる。

『あれ？　ほっちゃん真っ赤だ。大丈夫？　大丈夫？　鈴さ……』

慌てたネズが、鈴ノ助を呼ぼうとするのを、穂澄は「違うから！」と叫んで抑えた。

『でも、ほっちゃん、顔だけじゃなくて首とか手首まで真っ赤だよ。大丈夫？』

指摘されて、穂澄は爆発しそうになる。

まさか、妄想していて赤くなったなんて言えるわけがない。

「だ、大丈夫です。本当に」

心から焦りながら、穂澄はネズを引きとめる。

切なくも楽しいそんな日々。

……だがそれも、そろそろ難しくなりそうだった。

ネズの心配は至極まっとうで、食べ物からまったく栄養を取れなくなった穂澄は、またじわじわと体調を崩しはじめていた。六辻からのキスだけでは、生命を維持しきれない。

『本当に、本当に大丈夫?』

「大丈夫です」

穂澄は微笑んだ。

――あとは、いつここを去るか決めるだけ。

穂澄がこっそりと姿を消せば、鈴ノ助たちはきっとものすごく怒るだろう。

だけど、彼らの目の前で霧になることは絶対に避けたかった。どうしようもないことなのに、優しい彼らは、本当にもう何もできなかったのかと気に病んでしまうだろうから。それに、穂澄としても、どうせ思い出すなら、弱って霧になって消える姿よりも、元気な自分の姿のほうが良かった。見なければ記憶に留まることもない。

穂澄は窓から夏の青空を見上げた。

――きらきらしてる。

眩《まぶ》しすぎて目を開けていられないのは、きっと力が足りていないから。

だけど今朝の夢では、穂澄はまた空を飛んでいた。

太陽を見上げてぐんぐん高く上り、ふと振り返ったら、地上のすべてがごま粒のように小さくなっていた。あの中にこの部屋があり、妖たちがいて、六辻がいると思ったら、ものすごく愛おしい気持ちになった。それだけではなくて、目に入る全てが大切で、みんなみんな、笑って過ごしてもらいたいような泣きたいくらいの切なさが体に満ちる。

そこでふうっと途切れた夢。

——霧になる前兆なのかな。

霧になって雲に混じり、あの眩しくて仕方のない空の上から全てを見下ろす存在に、自分はなるのだろうか。そこから六辻たちを見守れるのなら、それも悪くないと思う。いや、思おうとする。

涙が出そうになって、穂澄は慌ててネズに背を向けた。

◆

ぼんやりと幸せな日々。

だが、穂澄の体調は目に見えて下降していった。

大騒ぎで六辻を起こし、前日の夕飯の残りを温めて食べさせ、玄関先で六辻を見送るまでは気力を維持して明るく動き回っているが、階段を下りる六辻の足音が消えた途端に兎に戻ってしまう。人の姿を維持できないのだ。

『ほっちゃーん』とネズが泣きそうな声で、穂澄の顔の前でうずくまる。

鈴ノ助はもう何も言えない様子で、玄関先で動きを止めていた。釜爺も黙ったままだ。

そんな彼らを見ているのが辛くて、穂澄はにっこりと笑う。

『少し休んだらまた人になれるから、そうしたら買い物に行きましょうね。鈴ノ助さん、釜爺さん、お買い物リストお願いします』

それだけを告げて、穂澄は目を閉じた。

――もう、限界なのかな。そろそろ出て行かないと……。

心配げな彼らの様子が小さな胸を締めつける。もうすでに、彼らにこんな顔をさせてしまっている。それは決して穂澄の願うところではない。

――でもまだ、六辻さんにご飯を作ってあげたいし……。僕がいなくなると、もう誰も作れないから……。

心の中ではそれが言い訳だと分かっている。

ただ、この温かい場所にいたいのだ。できるだけ長く。

――わがままでごめんなさい。

穂澄は目を閉じたまま、心の中で謝った。

そうして兎の姿のまましばらく休んだ時だった。

カンカンと階段を上る足音が聞こえて、穂澄はぴくりと耳を動かした。

この古いアパートは各階に二部屋しかなくて、もう一方の部屋は空き室だ。六辻が帰ってきたのかと一瞬思ったが、足音が違う。だが足音はこっちに向かってきた。

誰だろうと顔を上げたら、鈴ノ助も耳をぴんと立てて警戒態勢に入っているのが目に入った。ネズも釜爺の中から顔を出している。

『六辻じゃないわね』

鈴ノ助が呟くのと同時に、ドアの向こうから「連雀さーん」と男性の声が聞こえた。

「連雀さーん、いらっしゃいませんかー」

鈴ノ助とネズが顔を見合わせた。

『郵便配達?』

『かな?』

『無視しましょう。本当に留守なんだから』

だが、ドアの外の郵便配達員は「困ったなぁ」と呟く。

「今日中って日付指定なんだよな。これが届かないと連雀さん、困るんじゃないかなぁ」

穂澄が腰を上げた。

『穂澄、必要ないわよ』

『だって、六辻さんが困るって言うし……』

止める鈴ノ助の前で人の姿に変わると、穂澄は服を着ながら「はーい」とドアの向こうに返事を投げた。

「今開けますから、ちょっと待っててください」

三和土《たたき》に下りて鍵を開ける。

ドアを開けた先にいたのは、明るい色の髪を後ろで縛った遊び人風の格好の男性。どう見ても郵便配達員ではないその服装に、鈴ノ助が『穂澄っ！』と叫んで背中の毛を逆立てた。

だが世間知らずの穂澄は、彼が郵便配達員じゃないことに気付かない。

いきなり殺気立った鈴ノ助の気配に戸惑って「え？」と振り返ったその時だった。ドンッ、と力いっぱい背中を押され、部屋の中に突き飛ばされる。

——……!?

フギャーッと叫んで鈴ノ助が男に飛び掛かる。それを手を振っただけで軽くいなして、男は穂澄の上に伸《の》し掛かった。呆然《ぼうぜん》としている穂澄の手首を押さえて、にっこりと笑う。

「え……？」

『穂澄、その男、能力者よ！』

鈴ノ助が叫び、釜爺の中から飛び出したネズが男の首筋に嚙《か》みつこうとする。

男はそれも、首を振っただけで軽く撥《は》ね飛ばした。

「はじめまして。君が穂澄くん？　俺は君のお姉さんに頼まれて来たんだよ」

――姉さま？

「弟と契約して、式神にしてやってくれってね」

「――……！」

息が止まった。

咄嗟《とっさ》に跳ね起きようとする。

だが、穂澄に跨《また》がっている彼のほうが何倍も体格がいいし、もしかしたらなにか術を使っているのかもしれないと思うほど、全身の力が入らなかった。男は片手で穂澄の両手首を押さえているだけなのに、びくともしない。

もう一方の男の手が穂澄のTシャツをたくし上げる。

ぞわっと鳥肌が立った。焦りとともに、嫌悪感が爆発する。

「嫌だっ！」

身を捻《ひね》って穂澄が叫んだ。

契約、式神。この強引なふるまい。ここで交尾するつもりなのだと気付く。

『穂澄！』

鈴ノ助とネズも男に飛びかかって穂澄を守ろうとするが、どれだけ爪《つめ》や歯を立てても、男には一向に響く様子がなかった。それどころか、付けた傷がその場で薄くなり消えていく。

『穂澄、この男強い……っ』

鈴ノ助が泣きそうな声で叫んだ。

「大人しくしな、穂澄くん。悪いようにはしないから」

「嫌だっ！　やめてってば……！」

穂澄は必死で足掻《あが》く。シャツの下で肌を這《は》う手が気持ち悪い。

「やだーっっ……！」

必死で大声を出したその時だった。

いくつかの白い塊が風のように飛び込んできて、その場で人の形になった。

『我慢しなさい、穂澄！』

「姉さま！」

七人の姉のうち四人がその場にいた。ひとりがドアを閉めて鍵を掛ける。

ショートカットにホットパンツ姿の姉が穂澄の横で膝をついた。伸し掛かって戒められて、肌に手を這わされている弟を見つめる。

『我慢して穂澄。生きるためよ。この術者は妖のお助け人なの。どんなに不細工でひ弱で、まともな術者にはとても契約してもらえないような妖でも契約して精を分けてくれて、しかもそのあとは自由にさせてくれる救世主みたいな術者なの。噂を辿《たど》って探して、穂澄と契ってもらうために連れてきたのよ』

姉の赤い瞳は真剣だった。

ぶわっと恐怖が湧き上がる。

「い、いやだってば、姉さま！　やめさせて……っ」

『みんなで相談したの。穂澄を死なせないためにどうすればいいか』

『三の姉さまから話は聞いたわ。穂澄が式神になりたくない気持ちも理解したうえで、みんなで手段を探したのよ』

姉たちは代わる代わるに言葉を繋ぐ。

『大丈夫、この術者は性技も長《た》けているって。何十もの妖と契約しているから、技にかけては文句なしとの評判よ。淫妖の間でそう話題になってるんだから、そうとうよ』

『ほんの少しの時間我慢するだけ。契約して精を貰えば、穂澄、あなたは生きられる』

次々と降り注ぐ姉たちの言葉に、穂澄は震えた。

「――いやだ、姉さま。僕は、そこまでして生きなくていいから……」

『何を言ってるの穂澄。嫌だったら、目を閉じて息を詰めていなさい。精を受け入れさえすれば済むんだから』

「嫌だってば……っ！」

穂澄は叫んだ。

暴れる穂澄をものともせず、男はＴシャツを穂澄の手首までたくし上げてしまう。

「いいんですか、お姉様がた。弟さん、そうとう嫌がっているみたいですけど」

一旦動きを止めた男に、一番上の姉が『いいです。お願いします』と短く答えた。

「やだ、姉さま、嫌だってば」

男は姉、穂澄の順番で見つめてにっこりと微笑むと、裸になった穂澄の白い上半身に恭しく唇を寄せた。

ぶわっと焦りと恐怖が湧く。

「やだぁっ！」

叫んで暴れる穂澄の胸の真ん中に軽く唇で触れると、彼はそのまま小さな乳首をちゅっと音を立てて吸った。びくっと体が震える。

『契った後は自由にさせてくれるって言うのよ。式神としての働きも強要しないから、あなたが嫌がる誰かを傷つける行為もしなくていい。それならいいでしょ』

「嫌だって……！　僕はいいんだってば！」

穂澄が身を捩《よじ》って叫ぶ。

『だめよ！　消えたらすべてが終わっちゃうんだから！　生きなさい！　我慢しなさい！』

聞き分けのない弟に焦《じ》れたように、とうとう姉が大声を出した。

「やだあっ。やだってば！　鈴ノ助さん、ネズさん、助けてっ」

救いを求めて、穂澄は鈴ノ助たちの姿を探した。

だが鈴ノ助は、壁際にいる釜爺の前で立ち尽くしたまま動いてくれない。耳と尻尾が戸惑いそのままにあちこちに動いている。

「鈴ノ助さんっ！」

『……そうよ穂澄、我慢して』

鈴ノ助の口から、信じられない言葉が聞こえた。耳を疑う。

『ごめん、助けられない。信じられない。あたしたちも、穂澄を死なせたくないもの。六辻の口づけだけじゃ、穂澄、いずれ消えちゃうもの』

鈴ノ助は、顔を顰めながらふいっと目を逸《そ》らしてしまう。

穂澄は目を瞠《みは》った。

——助けてもらえない。

この部屋には味方はいない。

絶望が湧き上がり、すうっと血の気《け》が引いた穂澄の体を、男がうつ伏せにひっくり返す。

ズボンを下ろされ、白い尻と小さな尻尾が露《あら》わになった。

「やだあっ！」

畳に爪を立てて穂澄が足掻く。

『なにがそんなに嫌なのよ！　式神として働かなくてもいいって言ってるじゃない！』

姉が堪《こら》えきれないように喚《わめ》く。

『そうよ穂澄。こればっかりは、あたしも賛成するわ。悔しいけど、あんたの姉たちの言う通りよ』

鈴ノ助の声が耳に届く。鈴ノ助さえも味方になってくれない。絶体絶命だ。

姉たちの言葉が正しいのは穂澄にも分かっている。以前の穂澄が、式神になって誰かを苦しめるのが嫌で拒否していたのは本当だ。今でもその気持ちは変わらない。

だけど、今、穂澄の心には更なる気持ちが育ってしまっていた。

頭の中に六辻の姿が浮かぶ。六辻以外と交尾なんてしたくないのだ。自分は淫兎だ。淫兎は自分の心を守るために、契約を結んだ主人に勝手に恋心を抱いてしまう。こんなに六辻が好きなのに、他の人に六辻に対する以上の恋心を抱くなんてことは絶対に嫌だった。

「――や……っ」

背中から抱き付いた男が、前に回した手で穂澄の喉《のど》と腹を柔らかく撫でる。項《うなじ》を吸われて、ぞわっと全身に鳥肌が立った。

「大丈夫。俺は上手いよ。一部の術者みたいに突っ込んで精を流し込むだけなんて野暮なことはしないから、安心して身を任せてごらん」

「いやだ、やだあっ！」

穂澄が叫んで畳を掻き毟《むし》る。いっそのこと兎に戻ろうとするのにそれもできない。なにか術を施されているのかもしれなかった。

腿《もも》の内側を撫でられて、びんっと背中が反った。小さな兎の尻尾が跳ね上がる。

自分で言うだけあって、男の手の動きは柔らかく優しい。苦しいことはしないで、性感帯を器用に辿り、ただ官能だけを呼び起こそうとする。だからこそ、恐怖と焦りが湧き上がり、穂澄は必死で足掻いた。

「いやだ、姉さまお願い。——いやだってば！」

涙を堪えて穂澄は叫んだ。

そのときだった。

鍵が回る音が聞こえ、壊されるような勢いでドアが開いた。

「誰だ！　なにをしてる！」

部屋に響いたのは六辻の声。

驚いて振り向けば、息を切らせた六辻の姿があった。そのポケットにはネズ。

いつの間にか部屋を出たネズが、六辻を探して呼んできてくれたのだ。

「——む、六辻さん……っ！」

半裸の穂澄を押し倒している男に目を止めて、「あなたは……」と六辻は目を見開いた。

「こんにちは、連雀さん」

知った人に対する口調で、彼はひょいと六辻に手をあげた。

「なんであなたがここに……」

『え？　知り合い？』と六辻のポケットのネズが目をきょろきょろさせる。

「俺はこの連雀さんは知らないけど、連雀さんは俺のことを知ってると思うよ。俺は何度も本山に呼ばれて折檻《せっかん》されてる、ある意味有名人だからね。術者の品位を下げるなって。だろ？」

「――なんであなたがここに」

「小遣い稼ぎだよ。ご存じの通り、俺は、契約する相手が見つからない淫妖に精を売って小金を貯めているジゴロだからね」

「なんであなたが穂澄を……」

訳が分からないという口調で六辻が呟くのと同時に、『あなた、能力者ってだけじゃなくて、まさか術者なの？』と一番上の姉兎が震える口調で六辻に問いただした。

「術者も術者。連雀本家筋の強力な術者だよ」と男が横から答える。

『穂澄！』と姉は大声を出した。

穂澄が押し倒されたままびくっと震える。

『どうしてこんな近くに術者がいて、契約してもらわないのよ！　この方が能力者じゃなくて術者だと言うのなら、この方と契約して式神になればいいだけじゃない。あなたは淫兎なのよ。術者と契約して精を貰わないと本当にもたないのよ。死んじゃうのよ！』

姉の叫びに、六辻の顔が一瞬で強張った。

「――淫兎？」

六辻が呟く。

「穂澄は、——淫兎なのか？」

「——はい、そうなんです」

穂澄は消え入りそうな声で答える。

「ただの化け兎じゃなくて？　雄なのに淫兎なのか？」

「雄の、淫兎なんです」

「そんなのがいるなんて一度も聞いたこと……」

動揺も露わに唖然《あぜん》とする六辻に、姉兎が『聞いたことなくてもいるのよ。目の前にいる穂澄がそうなの。あなたも術者だったら、成体になった淫兎は精を得ないと死んでしまうことくらいご存じでしょう？』と言葉を被《かぶ》せる。

六辻は、動揺を隠せない瞳を穂澄に向けた。

「じゃあ、化け兎でなく淫兎なんだったら、……穂澄は死ぬのか？　消えるのか？」

『そうよ六辻。だからネズと釜爺とあたしで、穂澄に口づけさせるようにしたのよ。穂澄は六辻の口づけで生き延びてたけど、もう、そろそろ……』

苛立《いらだ》った口調で三番目の姉が口を挟む。

『私は最初、能力者であるあなたの精を奪いなさいって言ったのよ。だけど、穂澄がどうしてもそれはできないって言うから、だから私たちがせっかくこの方を探して連れてきたのに、穂澄はそれも嫌だって言う。さらに、あなたが術者だなんて、もうどうなってるのよ』

三番目の姉がもどかしそうに唇を噛んだ。

部屋に沈黙が落ちる。

興味深げにやりとりに耳を傾けていた男が、穂澄の体の上から身をどけた。脱げかかっていた穂澄のズボンを引っ張り上げると、穂澄の体をひょいと起こして、立てた自分の膝の間に座らせる。更に、脱がしたTシャツで穂澄の体の前を隠した。

「――穂澄、本当に……?」

部屋に上がった六辻が、顔に動揺を張り付けたまま穂澄に手を伸ばす。

穂澄も六辻の手を摑もうと右手を伸ばした。

だが、ぱしんとそれを叩く音が部屋に響く。

六辻の手を叩いて避《ど》けたのは長姉だった。六辻を睨《にら》み付ける。

『穂澄に触らないで。穂澄を抱く気がないのなら、優しい仕草なんか見せないで、この方に穂澄を渡して』

『そうよ、あなたが穂澄を抱けば済む話なのに、あなたは抱く気がないんでしょう? だったら放っておいてください。じゃないと、穂澄は死んじゃうのよ』

ショートヘアの姉も、穂澄の前に立ちふさがる。

塞《ふさ》がれた視界の向こうにいる六辻と姉に、穂澄は首を振った。立ち上がりたいが、男の両腕が胸を押さえているため動けない。

「違うんだよ姉さま。ごめんなさい、六辻さん。僕は六辻さんに自分が淫兎だってことを隠していたし、だから一度も六辻さんに抱いてほしいとも言ってない。六辻さんはまったく知らないんだよ。六辻さんは何も悪くない」

『なんで……！』

姉が苛立った口調で穂澄を詰《なじ》った。

本当の理由が喉元まで出かかる。だが、穂澄はそれを抑えて、あえて小さく微笑んだ。

「ごめんね、姉さま、――ありがとう」

いきなりの感謝の言葉に、姉が意表を突かれて口を閉じる。

「僕は弱くて役立たずの雄の淫兎なのに、姉さまたちが大切に守ってくれたから今まで生きてこられた。それだけで、僕はもう本当に幸せで、もう十分なんだ。だから、僕はもうずっと前から、成体になる時が来たら大人しく霧になって消えようと心に決めてたんだよ。姉さまたちにも心から感謝してる。――本当にありがとう」

姉たちが戸惑った顔をしたその隙を突いて、六辻が素早く穂澄の腕を摑んだ。男から穂澄を取り返そうと引っ張るが、それは穂澄の胸を抱えた彼の腕に妨げられてしまう。

「すみませんね、連雀さん。俺もまだ役目は終わってないので」

にっこりと笑って、見せつけるように穂澄の横顔に唇をつけた男を、六辻がぐっとにらむ。

受けたくもない口づけに、穂澄がびくっと首を竦めて泣きそうに顔を歪めた。

六辻は一瞬眉を吊り上げたが、彼に怒りをぶつけるのは違うと分かっていたのだろう。穂澄の手を握ったまま、男から目を逸らす。

その視線が向かった先は、穂澄。

「穂澄、ここに来た時にはすでに生きることを諦めてたのか？」

穂澄が顔を上げる。ぐっと息を詰めてから、「はい」と小さく答えた。

「どうして？　契約してくれる術者を探せば生き延びられるのに。雄の淫兎は確かに珍しいけれど、役に立たないと決めつけるのは早すぎると俺は思う。珍しいからこそ、穂澄をうまく使える術者だっているはずだ」

穂澄の心臓が、どきんと震えた。

ちらりと姉たちを見る。これを口にしたら、また、姉を傷つけてしまうのではないかと思ったが、そうしないとこの場を収拾できないことも感じていた。

躊躇《ためら》った挙句、言葉を探しながらゆっくりと口を開く。

「――式神になりたくなかったんです」

「なんで……？」

「式神になると、術者の手足として誰かを攻撃しなくちゃいけないでしょう？　僕は、誰かを傷つけてまで生きていたくないんです。こんな、出来損ないの僕がいままで生きてこられただけで十分幸せだったから、誰かの苦しみと引き換えにして、これ以上の幸せを求める必要はないと思っています。それは今でもそう思っています」

きっぱりと穂澄は答えた。

『だから、式神になっても誰も傷つけないで済む術者を見つけてきたんでしょう？　それなら問題ないんでしょう？』

姉が口を挟む。

「ごめんなさい、――ありがとう、姉さま。でも、もう僕は、……」

言葉が続かなくなり、穂澄は黙った。

姉たちは間違っていない。これまでに穂澄が与えた情報に基づくなら、この選択はきっと最善だっただろう。

だけど、……穂澄は六辻に恋してしまった。六辻以外の術者に抱かれるくらいなら、最初に決めていた通り霧になって消えたい、そうとまで思っている。

――六辻さん。

理由は絶対に言えない。ここで六辻の名前を出すと、六辻が困ることを穂澄は知っていた。

ぐっと唇を噛んで俯く。

だが、その努力は無駄になった。

鈴ノ助が口を開いたのだ。

『穂澄。あんた、六辻が大好きだから、六辻以外に抱かれるのが嫌なんじゃないの？』

「鈴ノ助さん！」

穂澄は焦って叫ぶ。顔を上げた拍子に、唖然とした六辻の顔が目に入った。

『そうなの？　穂澄』と姉が問う。

答えられない穂澄に、それが正解だと理解したのだろう。長姉は、いきなり床に膝をつくと、畳に額を擦り付けるようにして六辻に頭を下げた。

『お願い。お願いします、――穂澄と契約してください。術者のあなたが穂澄を式神にしてくれれば、それで全て丸く収まるの。お願いします』

「姉さま！　それはいいんだってば！　六辻さんにそんなこと言わないで！」

男に抱き付かれた体勢のままで、穂澄は泣きそうになって叫ぶ。

「六辻さんは、過去にいろいろあって、絶対に妖と契約しないって決めてる優しい人なんだよ。そんな優しさを、僕は好きになったんだよ。だから、六辻さんにそんなことお願いしないで！」

だが、穂澄の意に反して、釜爺の前にいた鈴ノ助も姉に加勢をする。

『六辻、あたしからもお願いするわ。穂澄はものすごく六辻が好きなの』

「鈴ノ助さん！」

『でも、六辻の決心を知ってしまって、……過去の辛い経験から絶対に式神を持たないと決めている六辻にはそんなことお願いできないって。淫兎は初めて交尾した術者を勝手に契約相手としてインプットしてしまうから。だから、穂澄は、大人しく霧になるつもりでいるのよ』

「鈴ノ助さん、もう言わないで！」

穂澄は叫んで俯く。

怖くて六辻の顔を見られない。摑まれた右手が熱くて、それすら怖い。

――ごめんなさい、六辻さん。

これじゃ、六辻が悪役だ。

六辻を責めるつもりなんて欠片もないのに。

部屋に沈黙が落ちる。誰も何も言わない。

やがて、ふうと六辻がため息をつく音が聞こえた。

ぎくりとした穂澄の手を六辻がぐっと握る。

「穂澄、本当に死にたいのか？」

問いかけられて、「え？」と顔を上げる。六辻は真面目な顔をしていた。

「死んでもいい、じゃなくて、死にたいの？　それとも、生きられるなら生きたいの？　本当の気持ちを教えて」

穂澄は、ぐっと息を呑む。言っちゃいけないと思うが、言わないといけないとも思った。

こんな真剣な六辻に対して、嘘はつけない。

「――生きたい……です」

『だったら……！』と言葉を挟む姉を「でも！」と穂澄は遮った。

「ほかの術者と契約して生きても意味ないんです。僕が生きたいのは、――六辻さんのそばにいたいから、ここのみんなといたいからだから。……他の術者と契約すると、僕は淫兎だから、その術者を好きになってしまう。六辻さんを好きだったことを忘れたうえに、その術者の式神になって、関係のない人間を傷つけながら生きるんだよ。一番の願いを忘れて、一番したくないことをして生きて、なんの意味があるの……？」

穂澄は唇を噛んで俯いた。

部屋に沈黙が落ちる。

やがて、ふう、と六辻がため息をつく音が聞こえた。

「契約するか、穂澄」

ばくんと心臓が跳ねた。その直後に、すうっと血の気が引くような焦りに襲われて、穂澄は、のろのろと顔を上げる。

「俺の式神になるか？」

六辻は微笑んでいた。細くなった目が優しくて泣きそうになる。

――ほら、六辻さんはそう言ってしまう。

穂澄は、ゆるゆると首を左右に振った。

驚いた姉たちに『どうして？』と聞かれ、更に強く首を振る。

いきなり泣きそうに顔を歪めた穂澄に、六辻が「どうして？」と尋ねた。

その問いかけは、まるで穂澄の答えを知っているかのように優しくて胸が詰まった。

「……僕なんかのために、六辻さんの信念を曲げないで」

俯き、穂澄は消えそうな声で囁いた。

「六辻さんは、式神を持ちたくないんでしょう？　不幸な妖を造りたくないんでしょう？

——六辻さんは優しいから、僕が本当のことを言ってしまったら、考えを押し殺してしまうかもしれない、そう思うから絶対に言いたくなかったのに……！」

絞り出すように言葉を繋いだ穂澄の手を、六辻がきゅっと握った。

「そんな難しいことじゃないよ。単に、俺が、穂澄が消えるのが嫌なだけだ」

ゆっくりと顔を上げれば、六辻が微笑んでいた。

「穂澄がこの世界から、俺のそばからいなくなることを想像したら、心から嫌だと思ったんだ」

穂澄は信じられない思いで六辻を見つめた。

「言っただろ？　穂澄は特別だって。穂澄がいてくれるから、こんなに心が穏やかでいられるんだって。俺だって穂澄が大切なんだよ。——消える前に気付けて、間に合って良かった」

「——でも、……六辻さんは、式神は持たないって……」

「ああ」と六辻は肯定する。

「だから、契約しても、穂澄に仕事はさせない」

「……え？」

六辻は柔らかく目を細めた。

「妖は純粋だから、式神になると術者のためにとひたむきに仕事をしたがるようになる。仕事をさせてもらえないことが穂澄のストレスになるかもしれない。それに加えて、式神になっても仕事をしない穂澄は、きっと役立たず呼ばわりで馬鹿にされる。それでもいいか？」

穂澄が目を瞬く。

「──仕事、しなくてもいいんですか？」

「ああ。穂澄が嫌がる『誰かを苦しめること』は一切させない。これまで通りここにいて、俺を待って、みんなを和ませる柔らかいものでいてほしい」

呆気《あっけ》にとられて六辻を見つめ、やがて穂澄は泣きそうな顔で囁いた。

「……夢みたいだ……」

「夢じゃないよ」と六辻が返す。

ぼろっと涙が零《こぼ》れた。

「もう、全部、諦めてたのに……」

しゃくりあげて息が乱れた穂澄の胸がすっと楽になる。

穂澄の胸をずっと押さえていた彼が、腕を解《ほど》いたのだ。繋いでいた六辻の手に引っ張られ、穂澄の体はぽふんと六辻の胸の中に納まる。

「なんだ、聞いていれば、ニーズとシーズが一致してるんじゃないか」

振り返れば、畳の上に膝を立てて座った彼が、にっこりと笑って穂澄を見上げていた。目が合うと、ひょいと肩を竦める。

「一件落着だな。じゃあ、俺は去るとするよ」

立ち上がり、六辻に抱きしめられている穂澄の肩をぽんと叩いて、彼は玄関に足を向けた。

「――……」

去り際に、彼は穂澄の横で少し足を止め、穂澄の耳に口を寄せて囁いた。

長い兎の耳にそっと注ぎ込まれた言葉は「よかったな、おめでとう」。

その短い言葉に、穂澄の涙が一気に溢《あふ》れた。大きくしゃくりあげる。

「――あ、ありが……」

喉が詰まってまともに言葉を出せない穂澄にひょいと手を上げ、彼は玄関から出ていった。

『え？　待って、待ってくださいな。お礼を……』

追いかける長姉に「いらないよ。俺は結局、何もしていないから」と飄々《ひょうひょう》と答える声が聞こえる。

振り返ってそれを聞きながら、他の姉が『じゃあ、あたしたちも帰るわね』と穂澄の頭を撫でた。

『六辻さん、弟をお願いします』

姉が頭を下げるのが滲《にじ》んだ視界に映る。

「——姉さま……」

『穂澄、ちゃんとお仕えしなさいね』

別の姉が言葉を繋いだ。

『あと、あなたは役立たずなんかじゃないから。あなたがいてくれたから、わたしたちは仲がいい姉妹でいられたのよ。自己主張が強い淫兎は、生まれてしばらく経《た》つとばらばらになってしまうのが普通なのに、今でもこんなに繋がりを持って仲良くしているのは珍しいって驚かれるわ。その姉妹のネットワークもわたしたちの宝物。——全部あなたのおかげよ、穂澄』

「……姉さま」

『幸せになりなさいね』

七番目の姉の言葉を最後に、彼女たちはそよ風のようにその場から姿を消した。

六辻の服にしがみついて、穂澄はしゃくりあげる。

——ありがとう、ありがとう姉さま。

涙が止まらなかった。

震える頭に六辻が手を置いて撫でる。

その優しい手つきにいっそう涙が止まらなくなって、穂澄はわんわんと泣いた。

それから夜までは大忙しだった。

中抜けしてしまった仕事に六辻が戻り帰宅するまでの間、『ほら掃除。ネズ手伝って！』『穂澄はちゃんとお風呂入りなさい』と鈴ノ助が大張り切りだったのだ。

「――あの、鈴ノ助さん。夕飯の支度は？」

『それはこの際後回しでいいわ。穂澄はしーっかり体を洗ってらっしゃい。それこそ体の隅から隅までね』

夜に起きることを予想させる直截《ちょくせつ》な言い回しに、ほのかに顔が熱くなる。

「でも、六辻さん、お腹《なか》すくんじゃ……」と言いかけた穂澄に、鈴ノ助はシャーッと口を開けた。

『一晩くらいお腹すかせても死なない！』

「え、でも、そんな……」

『穂澄に精を与えるほうが先決！　だいたい穂澄、そんな相変わらずふらふらした体で、何を作るって言うのよ。今晩しっかりたっぷり六辻に精をもらって、明日！　明日、元気になった体で思う存分料理しなさい！』

「し、しっかりたっぷりって……」

真っ赤になった穂澄を前に『鈴さーん、それさすがにデリカシーなさすぎ』とネズが呆《あき》れ口調で突っ込みを入れる。

『うるさい、ネズ』

『だーって、ほっちゃん真っ赤だよ』

『だいたい穂澄が淫兎らしくなさすぎるのよ。淫兎は淫妖。淫《みだ》らな妖って書くの！　それがなに？　いちいち真っ赤になって。こっちまで恥ずかしくなっちゃうじゃない』

『いやいやいやいや、鈴さんそれちょっと方向が違う』

ネズが小さな手を振る。

『違わないわよ。こればっかりはね、ものすごーく不本意だけど、穂澄の姉の淫兎たちと意見ががっちり合いそうだわ。穂澄は放っとけないのよ。手がかかりすぎるのよ』

「ご、——ごめんなさい」

いきなり叱《しか》られて、穂澄が耳を伏せて小さくなった。

それをフォローするように、ネズが前に出る。

『そもそもなんで、鈴さんそんなに淫兎を嫌うのさ。おいらは嫌いじゃないいな。あの綺麗だったり妖艶《ようえん》だったり可愛かったりするビジュアルは、見てるだけで幸せになるよね。最高の鑑賞物みたいな』

『それが腹立つのよーっ。あの淫兎はね、あたしの先代のご主人の板前に、さんざんちょっかいかけてきたのよ。それも毎晩のように！　あたしがぜーんぶ撃退したけど、もう、気が休まる日なんか一晩もなかったわ。そんなご主人を放っとけなくて、死ぬわけにはいかないと粘ったら、いつの間にか化け化け猫になっちゃったのよ！』

『へえ、それはまた、魅力的な板前さんだったんだねぇ』

ネズの言葉に、へらっと鈴ノ助の額の皺《しわ》が解けて、夢見るような顔になった。

『そうなのよ、もう、料理をする手なんか最高に色っぽくて。味見をするときの真剣な瞳、客に膳《ぜん》を出す時の微笑み、でも何よりも素敵だったのは、あたしを膝に抱いて撫でる時の優しい……って、何を言わせるのよネズ！』

『いやいやいや、鈴さん、青春してたんだねぇ』

にやっと笑ったネズに、『う、うるさいわよ、ネズ！』と鈴ノ助の耳の内側が赤くなる。

『赤くなって、鈴さん可愛いー』

『じゃな、赤くなる鈴の字は初めて見たな』

いきなり話に入ってきた釜爺に『やめてよ釜爺、寝てたんじゃないの？　というか、穂澄はさっさとお風呂行きなさーい！』と鈴ノ助が喚く。

『なんか面白そうな話題になって、目が覚めてしもうたさ。鈴の字の旦那が炊く白米と、わしの白米、どっちのほうが美味《うま》い？』

『えー。思い出せって？』

いきなり始まった料理談議を聞きながら、穂澄はそっと風呂場に向かう。

風呂場には、洗いたての洋服一式。

鈴ノ助に指示されながら出したそれを見て、穂澄は赤くなって動きを止めた。

——今晩……。

想像すると頭の中が沸騰しそうになる。

——キスだけであんなにぽうっとしたのに、それ以上のことをしたら、どうなってしまうんだろう。淫兎としての手管のいろいろは、林に姉さまたちといた時に教わってるけど……。

心臓がばくばくと痛いほど暴れ出して穂澄はうずくまってしまう。

——大丈夫。六辻さんに任せたら、きっと大丈夫。

真っ赤になった頬を押さえて、穂澄は必死で心を落ち着けた。


そして訪れた夜。

一枚しかない布団の上で向かい合って正座して、穂澄は六辻に見惚《みと》れていた。

白い袴《はかま》姿。それが連雀の術者としての正装なのだという。

凜々しい表情。ぴっと姿勢を正して視線を伏せた六辻が格好いい。……のだけど、布団の横には、鈴ノ助とネズ、そしてその上に遊び火のアカとアオが媒酌人よろしく控えている。六辻だけならまだしも、この状況は想像していなくて、穂澄はずっと動揺しっぱなしだ。

赤くなって視線を泳がせる穂澄に、六辻がくすりと笑う。

「緊張してる?」

「し、してます。というか、契約する時って、いつもこんなに大袈裟《おおげさ》なんですか……?」

「さあ」

「さあって……」

「本山で力の強い妖と契約する時はこんな感じかな。だけど、それはもっと大仰だよ」

「大仰……。こんなふうに、誰かが傍にいて……?」

「傍にいるどころか、隣の部屋で笛を奏でていたりするからね。障子の向こうには何人も一族が控えてたりするし。それに比べると、これはまだ可愛いよ」

言葉を失った穂澄に、六辻はまたくすりと笑って「おいで」と手を伸ばす。

どきりとした。

「——はい……」

指の先まで赤くなった手を差し出して、綺麗に切った爪に恥ずかしくなる。昼間、鈴ノ助に『六辻の背に傷をつけないように、ちゃんと切りなさいね』と言われて切った爪だ。

隠すように思わず握ってしまった手を、六辻が摑んで引いた。

「――……っ」

六辻の胸の中にしなだれかかる形になり、穂澄は息を止めた。力強く抱きしめられて心臓が爆発しそうに暴れ出す。全身がガチガチだ。ぎゅっと目をつぶる。

「そんなに固くならないで」

六辻が囁き、穂澄の背を撫でた。

――無理……っ。

穂澄は心の中で喚く。

手の動きひとつひとつに全身が反応して息が乱れた。背中をゆっくりと撫でられるたびに息が止まってしまう。くらくらと眩暈がする。

だけどそれも、何度も根気よく繰り返されたら徐々に慣れてきた。その頃を見計らったかのように六辻の手が穂澄の頬に触れた。

六辻の胸に身を預け、力を抜いた穂澄の顎《あご》を持ち上げ、ゆっくりと唇を合わせる。

――あ、キス……。

キスは好きだ。無意識に口を薄く開け、六辻の舌を受け入れた。

六辻のそれは、縮こまった穂澄の舌を探して先を触れ合わせようとする。いつもより深くて積極的な接吻《せっぷん》に少しどきりとしたが、嬉しさと心地よさのほうが勝った。口を大きく開いて六辻の唇と自分の唇をぴったりと合わせる。

唾液《だえき》を舐め取られ吸い上げられ、代わりに流し込まれた六辻のそれをこくりと飲み込む。

――甘い。

じわっと体が痺《しび》れた気がした。これが六辻のキスの味なんだと思った途端に、甘酸っぱい喜びが胸に満ちていく。穂澄は無意識に六辻の着物の襟《えり》を握っていた。

甘いキスを幾度も繰り返し、とろんと意識が蕩《とろ》けかけたところで「……さて」と六辻が呟くのが聞こえた。

「この先、どうするのかな」

『は⁉』と鈴ノ助が叫ぶ。

穂澄も意表を突かれて思わず目を開けていた。

『ちょっと待って、六辻。知らないの？　嘘でしょう？』

「困ったことに、知らないんだ」

『待って待って。六辻さん、セックスしたことないの？』

焦った口調で割り込んだのはネズ。

「ない」

言い切った六辻に、鈴ノ助の口がかぱっと開いて閉まらなくなる。ネズは頭を抱えた。

『……嘘だー。六辻さん、絶対にもてそうなのに。女の人に粉掛けられたことあるよね？』

「あるけど、俺にその気がなかったから。普通に誰かと付き合う気はなかったって言っただろ。妖の存在を抜きにして心からの関係を結ぶことはできないからって」

そうだ、それが六辻の孤独の根源だったと穂澄は思い出す。

「さすがに俺だって、女性の抱き方は知ってるよ。ただ、男は分からないな、と……」

『六辻の職場では猥談《わいだん》とかしないの？』

「してるよ。だけど、女性との話ばかりだからさ」

『あああ』と鈴ノ助がごろんと転がり、情けない声で鳴く。

彼らのやり取りを聞きながら、「あの……」と穂澄は声を掛けた。

「僕、知ってますよ」

『えっ？』と鈴ノ助が飛び起きる。

「一応淫兎なので、姉さまたちからひととおり教わっています」

『男とのやり方？』と聞かれて、こくりと穂澄は頷いた。

「淫兎として精を頂戴する相手は男性だから」

『あ、そうね』と鈴ノ助が目を瞬く。

『ちょうどいいわ。六辻、穂澄に任せましょう。――でどうすればいいの？』

「えーと、眠っている相手の精を頂戴するので、六辻さん、寝転がってくれます？」

先ほどまで部屋に満ちていた淫靡《いんび》な雰囲気は、さっぱりと消え失《う》せていた。

「こうか？」と仰向けに横たわった六辻の腿を跨《また》いで膝立ちになり、穂澄は「袴の紐、解きますね」と声を掛けた。しゅるしゅると解いて下にずらし、着物の裾《すそ》を捌《さば》いて、股間《こかん》を露わにする。

六辻は下着を身に着けていなかった。いきなり現れた性器にどきりとするが、平静を装って、穂澄はそれをぱくりと咥《くわ》える。「うっ」と六辻が小さく呻《うめ》き声を上げた。

『ほっ、ほっちゃん、いきなり？』と焦ったネズが飛び上がる。

「だって、姉さまが、まずこうするって……。六辻さんは動かないでくださいね。僕は、眠っている相手から精を貰う方法しか知らないから」

もごもごと答える穂澄の前で、鈴ノ助は『間違ってる。何かが間違ってる』とぶつぶつと頭を抱えている。

『初夜って、こんなのじゃなくてもっと……。ああ、あたしの昼間のお膳立てはどこに』

だが、穂澄の頭のなかは、姉から教わったことを思い出すので精いっぱいだ。

――相手が熟睡していたりして、なかなか反応しない時には、とにかく体を撫でてあげるのがいいって言ってた。顎とか首筋とか、腕とか脇もいいって。

六辻の股間のものを舐めたり吸ったりしながら、穂澄は六辻の着物の前をはだけ、体に手を這わす。

――あ、気持ちいい。

初めてまともに触れた六辻の肌は、熱くて、しっとりと穂澄の手になじんだ。筋肉の凹凸を指で辿ると、咥えた性器がぴくりと動く。じわじわと固くなるその反応に、穂澄はどきどきした。

——気持ちいいのかな。

もっと気持ち良くさせたくて、姉の言葉を掘り起こす。

——乳首も気持ちいいって言ってた。指先で弾《はじ》いたり、抓《つね》ったり、あとは吸ったりとか。でも、やりすぎると痛いから、ちゃんと相手の反応を見て、気持ちよさそうなところで止めなさいって。……僕は何も感じなかったけど。

姉に教わった時に、自分の乳首を触ってみたことがあったのだ。だけど、穂澄には特に気持ちよく感じられなかった。あえていうなら、少しくすぐったかったくらいだ。

心の中で疑いながら、穂澄は姉の言葉通りに六辻の乳首を指で探した。性器を咥えながらだから、胸のあたりは良く見えない。手探りでその場所を見つけようと細い指で撫でまわす。

——ここ?

肌とは少し違う、皮膚が薄い感じの場所。小さな突起をみつけて確信する。きゅっと摘《つ》まんだら、六辻の体が緊張して、性器がぐっと大きくなるのが分かった。

——気持ちいいんだ。

穂澄は嬉しくなる。姉の言葉は間違ってなかった。

もっと気持ち良くなってほしくて、六辻の性器から口を離して穂澄は伸び上がる。片方の乳首は指でいじりながら、もう一方をぺろりと舐めきゅっと吸い付くと、六辻の体がぴくりと揺れた。じわっと湿る。その反応に気をよくして、穂澄はちゅうちゅうと粒の先端を吸った。その合間に舌で弾いたり転がしたりするたびに、穂澄の腹に当たる六辻のものが大きくなる。

六辻の手が、穂澄の頭に添えられた。髪の間に指を差し込むようにして撫でられる。時折動きが乱れたり髪を握られたりするのが彼が感じている証拠のようで、嬉しい。

夢中でそうしている間に、気づけば六辻の息がだいぶ荒くなっていた。

乳首から唇を離して、穂澄は六辻の顔を覗き込む。

「――気持ちいい……？　六辻さん」

汗を浮かべた顔で微笑めば、六辻はなぜか眉を寄せて笑った。

横で見ていたネズが、『ほっちゃん、色っぽい……』と感心したように呟く。

「気持ちいいよ、穂澄」

六辻にも言われ、穂澄は得意げに微笑んだ。六辻の頬が紅潮している。息が荒く、全身も熱い。そして、股間のものは大きく反り返っている。

――あとは、これを受け入れて、動いて、……射精を誘導するんだっけ。

穂澄は身を起こした。

六辻の腰を跨ぎ、固くなったそれを真上に向けて片手で支え、その上に自分の肛門を当てた。

『え？　ちょっと……』と鈴ノ助が焦った声を出すのを耳の端で聞きながら、体重をかけて一息に腰を下ろした。

「……い、――いた……っっ！」

その場所に走った激痛に、穂澄は悲鳴を上げた。

せっかく呑みこんだ頭部分を外して、六辻の胸の上に背を丸めて突っ伏す。

『ほっちゃーんっ！』とネズが頭を抱える。

『馬鹿、穂澄！　無茶に決まってるでしょう！』

もう繋がっていないのに、あまりの激痛に息もできず、穂澄は丸くなった。長い耳は力なく前に落ちている。受け入れようとした場所が、じんじんと燃えるように痛い。

「――だ、だって、姉さまが、淫兎は勝手に濡《ぬ》れるからそのまま受け入れていいって……」

『それは淫兎が雌だから！　穂澄は雄なんだから、勝手に濡れたりしないの！』

「穂澄、――大丈夫か？」

六辻が焦った様子で身を起こす。

「だ、大丈夫です。これをしないと精を貰えないから、――もう一回……」

ふらふらになりながら腕に力を入れて頭を上げた穂澄に、六辻が小さく吹き出した。

「分かった。交代だ。あとは俺がやる」

穂澄をその場に残し、六辻は立ち上がった。

「――分かった、って……？」

呟いた穂澄の顔の前に、『もう一回とか、穂澄、どれだけ馬鹿なのよ』と鈴ノ助が呆れ口調で座る。

「でも。やらないと契約できないし……」

六辻が戻ってきた。台所に行っていたらしい。左手にサラダ油のボトル、右手は既にそれを塗ったのか、てかてかと光っている。

「鈴ノ助、ちょっとどいて」

布団の上の鈴ノ助をどけて、六辻は横を向いて丸まっていた穂澄を抱き上げた。「わっ」と声を上げる穂澄を仰向けに返し、六辻はその上に覆いかぶさった。

これは、さっきと真逆の体勢だ。

「六辻さん、これ違う……」と戸惑う穂澄に、六辻は髪を掻き上げて凜々しく笑った。

「男同士だから、どっちがやっても一緒だろ？　穂澄がしてくれたことをしてあげるよ」

「え？　待って……」

言いきらないうちに、六辻が穂澄の股間に顔を伏せる。敏感な器官を湿った熱でいきなり包まれて、穂澄が全身を強張らせた。その場所を中心にかあっと熱が生じ、一気に体中を駆け巡る。たちまち立ち上がった小ぶりな昂《たか》ぶりを、六辻が丁寧に舌を這わせて刺激した。

――なんでこんな、早い……。

さっきの六辻の反応とは段違いで、ものすごく恥ずかしくなる。

穂澄の股間を舐《ねぶ》りながら、サラダ油で濡れた六辻の手が穂澄の体を撫でだした。

「あ、――あ、……っ」

ぬるぬると滑る感覚が堪らない。動く指先が小さな乳首に触れると、びりっと電流が走ったように体が跳ねた。つまれたらもう駄目だ。身をくねらせて穂澄は悶《もだ》えた。

六辻に比べてあまりに覿面《てきめん》な反応に、穂澄は戸惑い、恥ずかしくなる。

「穂澄、気持ちいい？」

性器から口を離した六辻が問う。

「……気持ち、いい……です」

掠《かす》れた声で答えて気付く。

これは、さっき穂澄がしたことの意趣返しだ。……ということは。

「ああ、……んっ……っ！」

ちゅうっと胸の尖《とが》りを強く吸われて、穂澄は顎をのけぞらせた。

思わず立てた膝で、六辻の脇を強く挟み込んでしまう。吸われるたびに、全身が性感帯になったみたいにびりびりと痺れた。

――おかしい。自分で触った時にはなんにも感じなかったのに。

湧き上がった疑問は、乳首を吸われるたびに、そして同時にあいた手で股間をしごかれる

たびに、意識から零れてどこかに流れていく。初めて他人から与えられる刺激は穂澄には強すぎて、頭を打ちふるって穂澄は悶えた。

「あ、あ……んっ、あ」

声が止まらない。

そんな訳が分からなくなりそうな痺れの波のなか、『ほっちゃん、……めっちゃ色っぽい』というネズの声が耳に入って、穂澄はぎくりと身を震わせた。続いて『さすが淫兎ね』という鈴ノ助の声。しかもそれは耳のすぐ近くで聞こえた。

仰天して目を開ければ、すぐそばで鈴ノ助とネズが穂澄の顔を覗き込んでいた。

息を呑む。

「──や、……やだっ」

穂澄は悲鳴を上げた。

猛烈な羞恥《しゅうち》が湧き上がる。

「見ないで、──見ないで……っ」

『そんな、ほっちゃん、今更恥ずかしがらなくても』

『見ないでっても、さっき穂澄が六辻にしていたことのほうが、よほど破廉恥よ』

「やだぁ……っ、見ないで」

両腕で顔を覆って穂澄はほとんど泣きそうな声で訴える。

さすがに不憫《ふびん》に思ったのか、六辻が「後ろ向いててやってよ」と二匹に頼んでくれた。

『仕方ないわねえ』と鈴ノ助の声。

そうしているうちに、両足をぐいと持ち上げられて、尻が上を向く。

「な、何……っ？」

「さっきの続き」

問い返す間もなく、その場所にたらりと液体が垂らされる感触がして、つぷりと細いものが入ってくるのが分かった。ひっと息を呑み、ぐっと背中を反らそうとした穂澄に、「大丈夫、指だよ」と六辻が語りかける。

――指……？

息が止まった。

むしろ穂澄にはそのほうがとんでもない。六辻のあの綺麗な指が、自分のあられもない場所に入り込んでいると思ったら、一気に焦りが湧いた。

「だめ、――だめ、六辻さん。そんなところ、汚いから……っ」

「汚くない」

短い答えと一緒に、指が生き物のように中で動いた。敏感な粘膜をぐるりと撫でられて、ぞわっと全身に重苦しい痺れが走る。

「――あ……」

穂澄は喘《あえ》いだ。

「あ、――あ、……あっ」

指が抜き差しされるたびに、本数が増えて広げられるたびに、穂澄の意識がくらくらと揺れた。

――熱い。

沸騰するみたいに全身の血が渦巻いている気がする。指が動くたびに全身がびくびくと震えてしまうから、息がまともにつけない。勝手に目の前が滲んだ。

――六辻さん、六辻さん。

両手を上げて縋《すが》れば、唇が下りてきた。後ろをかき回されながらキスをされて、苦しいのに、少しずつ体が蕩けていく。きっと全身真っ赤だ。

「――……あ、……っ」

変なところに指が当たると、ぞくっと全身が震えて声をあげそうになった。

――これ、いつまで……。

熱くて、どろどろに自分が溶けてしまったみたいで、訳が分からなくなっていく。そのせいか「もういいと思うから、入れるよ」という六辻の声も遠かった。

だが、ひたりと熱くて大きなものが当たった時に、穂澄の意識が戻ってしまう。

――あれだ。

さっき、痛かったもの。六辻の屹立《きつりつ》。一瞬で体ががちがちに硬くなる。

だけど、六辻と繋がりたい、契約をしたい気持ちのほうが勝った。

覚悟を決めて奥歯を嚙みしめた穂澄の体の中に、六辻の欲望が侵入を開始する。

怯《おび》えたほど痛くはなかった。先端の膨らみが入った後、サラダ油のせいで残りの部分が一息に入ってしまい、穂澄は我知らず大きな声を上げていた。

「や、あ、ああああ――……っ!」

あまりの衝撃にがくがくと体が痙攣《けいれん》する。

「ごめん! 大丈夫か、穂澄」

「だ、――大丈夫です」

耳に残る、あまりに恥ずかしい自分の大声。動揺して、穂澄は泣きそうになる。

目を潤ませて答えた穂澄の前髪を、六辻が掻き上げる。微笑みが目に入った。

「ごめんな。とりあえず、一回だけちゃんと精を流し込ませて。穂澄が消えないか怖い」

意外な言葉に、穂澄はふっと笑った。そうは見えなかったけど、六辻も焦っていたのだ。

「そんなに簡単に消えません。それに、……いっぱいキスしてもらったし」

「そうか」と囁いて、六辻がまたキスをしてくれる。繋がった部分はじんじんと痛い。だけどその痛みが嬉しくて、穂澄は息を乱しながら、夢中で六辻の口を吸った。

やがて、六辻が律動を開始する。

「穂澄、苦しかったらごめん」

「は、い。――……あ、……う……」

ぐっぐっと前後に揺すられて息が詰まった。穂澄の体の中で、逞《たくま》しいものがぬるっぬるっと動く。敏感な内壁が、質量のあるもので擦《こす》られ、掻き回され、ひくひくと痙攣した。

「あ、あ、――ああ、あ……っ」

穂澄は目を瞬く。

なんてことだろう。気持ちいい。声を抑えられない。次から次と掠れた嬌声《きょうせい》が漏れ、ふいに鈴ノ助やネズのことを思いだした。ぶわっと羞恥心が湧き上がる。

「す、鈴ノ助、さん、と……ネズ、さん、は……？」

即座に『見てないわよー。声だけよー』と鈴ノ助の声がして、穂澄は真っ赤になった。

「や、やだ。声も聞かないで」

『それはちょっと無理ねー。聞こえちゃうもの』

恥ずかしさのあまり目を潤ませた穂澄の耳を、六辻の手が塞ぐ。

「穂澄、俺だけを見て。俺の声だけを聞いて」

額を合わせて注がれた言葉に、どきんと心臓が跳ねた。ばくばくと壊れそうに暴れ出す。

「――六辻さん……、六辻さん……っ」

唇が重なった。息が苦しい。――けど、嬉しくて。

キスをしたまま六辻の腰の動きが速く深くなる。

やがて、最奥《さいおう》で熱いものが弾ける感覚を受けとるのと同時に、ぶわっと全身に何かが満ちるのを感じた。穂澄は目を見開く。

——なにこれ……。

初めての感覚だった。自分に羽が生えて浮き上がったような、存在が空気に解けて一体化したような、でも、消えるのではなく万能に近い力を得たような充溢《じゅういつ》感。ものすごい心地よさ。

そのあまりの大きさに戸惑い、思わず六辻の体にしがみついたら、強い力で抱きしめ返してくれた。安心感に泣きそうになる。

——あ、……あ。六辻さんだ。

唐突に『好き』『大好き』と、言葉が頭の中に溢れた。

温かい気持ち。ああ、きっとこれが本当に幸福な気持ちなんだ。

この気持ちを伝えたい。……けど、鈴ノ助とかネズがいると思うと恥ずかしくて言葉にできない。でも、言いたくて、戸惑っているうちにその気持ちがあまりに大きく膨れすぎて、温《ぬく》もりに呑みこまれて、穂澄は緩やかに意識を飛ばした。

◆

幸せな夢を見ていた気がした。

はっきりと思いだせないけど、温かくて、眩しくて、きっとすごく幸せな夢。

なんか大きなものに包まれる安心感と、ふわふわした優しい気持ちがまだ体に満ちている。

いつも見る空を飛ぶ夢よりも、もっと、——近くて。

爽やかで、のびのびして、……そう、もっと大きなどこかに放たれる感じ。


穂澄はふうっと目を覚ました。

夢で見た幸せな気持ちのままにぼんやりと薄目を開け、目の前の広い裸の胸に驚く。

穂澄は、六辻の腕の中で眠っていた。

どきんと心臓が跳ねたが、同時に、満たされた気持ちがふわっと湧き上がる。

——そうだ、昨日、六辻さんと……。

頬がじわっと熱くなる。とくとくと動き出した自分の心臓の音も愛しい。

意識を失う直前の幸福感が湧き上がって、穂澄は六辻に体を摺《す》り寄せた。

「……穂澄……？」

その動きで目を覚ましたのか、六辻が寝ぼけた声を聞かせる。

だが、寝起きの悪い六辻のことだ。また眠ってしまうだろうと穂澄は目を閉じたままでいた。しかし寝息は聞こえず、代わりにきゅっと抱き寄せられる。

――あ……。


その優しい腕の力に、思いがけずどきりとした。胸の中に温かい気持ちが満ちていく。

知っている。これはさっき夢で感じた幸せだ。

穂澄が眠ったままだと思ったのだろう、六辻の手がゆっくりと穂澄の背中を撫でる。

繰り返し撫でられて、そのたびに幸せな気持ちが大きく膨らんでいく。

だが、背中から頭に移り、梳《す》くように穂澄の髪を撫でていた六辻の手の動きが止まった。

戸惑った声で「穂澄？」と呼ばれて目を開けたら、目の前に驚いた六辻の瞳。

「穂澄、耳は……？　あと、髪の色も」

「え？」

自分の頭に手をやって、そこに長い兎の耳がないことに気付く。

代わりに、顔の横に耳がある。人間と同じように。

「――え……？　なんで？」

動揺して呟いた穂澄の声に、ネズが目を覚まして釜爺の蓋を持ち上げた。

『ほっちゃん？　――どうしたの、その髪？』

「え？」

『きらきらしてる』

「きらきら……？」

「ああ。真珠みたいに色がついてる」と六辻にも驚いた声で返される。

何を言われているんだか分からない。自分の髪を引っ張っても見るのは無理だ。

穂澄は「鏡を見てきます」と布団のなかで身を起こした。

その拍子に感じたのは、腰の下あたりの違和感。いつもの尻尾の感覚とは違い、何かもっと長いものが繋がっている気がした。毛布を抱えて前を隠し、訝《いぶか》しげに膝立ちになって「え？・」と目を疑う。

そこには、長い虹色の鳥の羽が生えていた。一本や二本ではない。長い羽が束になってふわりと揺れる。これは、――鳥の尾羽だ。

「――なにこれ……」

引っ張ると、確かに自分に繋がっている抵抗感がある。

「な、なんで……？」

六辻とネズも驚いた顔で穂澄を見上げている。

そんなに髪の毛の違和感が強いのだろうか、それとも、自分では見えないところが更に大きく変わっているのだろうかと怖くなったその時だった。

体の中に不思議な力がふわっと生まれた。それは一気に膨らみ、穂澄の全身から虹色の光となって溢れだす。ぐらっと強い眩暈《めまい》が起き、世の中が一回転したような衝撃のあとに目を開けたら、視界が一変していた。

眩しい。部屋がまばゆい光で満ちている。それに……。

――広い。

視界が広かった。前だけでなく、まるでパノラマ写真のように顔の横まで見える。

一体なにか起きたのかと見渡したら、思いがけないものが見えた。

長い首。虹色の体と……赤茶色の鳥の足。しかもそれは自分の下にある。

「え？」

仰天する。信じられないくらい回転した首で見た自分の体は、虹色の鳥になっていた。クジャクくらいの大きさの、長い尻尾を備えた大型の鳥。びっくりした途端に、尻尾が持ち上がってふわりと広がる。虹色に輝く美しい半円がそこに現れた。

『――虹鳥じゃ』

釜爺が呆然とした声で呟いた。

『虹鳥……？』

いつの間にか目を覚ましていた鈴ノ助が問い返す。

『そうじゃ。殿様の前で一度だけ見た虹鳥の姿じゃ。穂澄、――穂澄か？』

『――そうです、穂澄です』

穂澄は泣きそうになりながら答える。胸を押さえようと腕を上げたつもりが、動いたのは虹色の翼。訳が分からなくなる。

「……穂澄、まさか、虹烏の擬態だったのか……？」

『知らない。そんなの分かんないです。僕は兎の妖です！　生まれてからずっと……！　こんなの……なんで？』

半ばパニックに陥って、穂澄は首をぶんぶんと振った。

「穂澄、穂澄、落ち着け」

六辻が咄嗟に穂澄を抱きしめる。

大好きな六辻の匂いがした。抱き締めてくれる腕の力にものすごくほっとして、穂澄は六辻に寄りかかる。しがみつきたいのに、腕は翼になってしまって握れない。

『――なにこれ……。なんで、どうして……』

頭の中がぐしゃぐしゃだ。このまま戻れないのか、自分はどうなってしまうのかと、ものすごく怖くなったその時だった。

――……え……？

ふわっと頭の中に記憶がなだれ込んできた。

色々な風景と情景が一気に頭に浮かぶ。切れ切れのセリフや音とともに。

『――あ……』

そして、――穂澄は全てを思い出し、理解した。

幻の妖、虹烏は『癒しの妖』だ。争いを嫌い、周囲の空気を変え、和を生む。

虹烏が現れた時代は大きな争い事は起きず、それゆえに権力者は虹烏を欲する。江戸の世があれだけ長く続いたのは、虹烏が続けて三羽も姿を現していたからだ。

癒しの妖——その性質のため、虹烏には成体になるまでに大きな試練が仕掛けられていた。普通ではとても生きられないような弱くて力のないものに擬態して生まれてくるのだ。

成体になる前に悪意に晒《さら》され、——疎ましがられたり、虐待されたりして、生き延びられなければそのまま消える。運よく誰かに守られ、愛情を与えられ、成体になることができれば、虹烏として能力を開花させる。これまで数百年間虹烏が現れなかったのは、成体になる前に虐げられ、弱すぎて死んでいったからだった。

そして、穂澄は確かに虹烏だった。

生まれるはずのない雄の淫兎。貧弱な体に加えて、淫兎としては相応《ふさわ》しくない、控えめで大人しく、穏やかな性格。だがそれこそ、穂澄が虹烏だという証拠だったのだ。

姉たちに守られて育ち、六辻と彼の部屋の妖たちに救われ、最後に六辻と交尾をして精を貰い、穂澄は成体になるまで生き延びて虹烏に変化した。

——それは、穂澄の周りの愛情が導いたひとつの奇跡だった。

『開けて！　穂澄、六辻さん！』

姉たちが部屋の戸を叩く音が響いた。

六辻がドアを開けた途端に、人姿の姉たちが部屋になだれ込み、虹色の鳥の姿を見て呆然とする。

『――穂澄……？』

それでも彼女たちは、その鳥が穂澄だと一瞬で理解していた。

『姉さま……？　どうして……』

『穂澄のことが心配で、近くの林で夜を過ごしていたのよ。そうしたら、さっき、妖にしか見えない強い光がこの部屋から出て、穂澄に何かあったのかと……』

あまりに過保護な姉たちに驚き、でも穂澄は幸せで泣きそうになりながら苦笑した。こんな姉たちだから、穂澄は今まで生きてこられたのだ。虹鳥の過酷な生態を知ってしまった今、姉たちには感謝しか浮かばない。

『なに、このきらきらした姿……。穂澄、どうしたの？　何があったの？』

「――穂澄は本当は虹鳥なんだそうだ」

六辻の言葉に、姉が困惑した顔で振り返る。

『虹鳥？　あの伝説の？　そんなことありえないわ。私たちは穂澄が生まれた時から知っているもの。茶色くて小さくて、今にも死にそうな雄兎だったのよ。私たちがみんなで一生懸命世話したのよ』

『うん、姉さま。それが虹烏の証拠だったんだ。虹烏は、普通だったらとても生きられない弱い生き物として生まれてくるんだよ。成体になるまで生きられなかったらおしまい。成体になれたら虹烏に変化する。……僕は、姉さまたちが守ってくれたから……』

姉たちは呆然として穂澄を見つめている。

その視線に、穂澄はいきなり申し訳なくなった。穂澄がいなければ、彼女たちはこんな面倒を被《こうむ》ることはなかったのだろう。息を詰めて口を開く。

『ごめんなさい。勝手に僕が潜りこんだから、いろいろといらない面倒をかけて。——姉さ……』

穂澄が「姉さま」と言いかけてやめたことに気付いた姉が、むっと顔をしかめた。

『もう姉とは呼びたくないっていうの？』

『——違……』

『ふざけないで。穂澄、あなたは私たちの弟よ。どんな姿になってもね』

ぐうっと胸が苦しくなった。

——姉さま。

ありがとう、と心の中で呟いた穂澄の頭を、六辻が撫でる。「よかったな」と囁かれて、胸の中がじわりと熱くなった。本当に自分は幸せ者だと思う。

「しかし、なんかまあ、――とんでもないことになったな」

六辻がため息とともに頭を掻く。

『え？　僕、――ごめんなさい……っ』

「違う、そういう意味じゃない」と六辻が苦笑して、穂澄の顔を覗き込む。

「穂澄、人の姿に戻れないか？　なんか調子が狂う」

『え？』

言われた途端に、ふわっと人の姿になった。耳と尻尾はなく、代わりに長い尾羽がある姿だ。強く念じることもなく変身できた自分に驚く。これが虹鳥の力なのだろうか。

全裸で膝をついた穂澄に、六辻が毛布を掛けて微笑みかけた。

「ほら、このほうがいい。ちゃんと抱きしめられる」

そして、腕を回してきゅっと肩を抱いた。

落ち着け、というように背中をとんとんと叩かれて、体の力が抜ける。

自分がどれだけ緊張していたのか気づいて、穂澄は唇を噛んだ。

そんな穂澄に、六辻が語りかける。

「穂澄、本山に行こうか」

「え？」と穂澄が顔を上げた。

「でも、嫌だって言って出てきたんでしょう？」

六辻の悪夢を見てしまった穂澄は、六辻がどれだけの想いを抱えてこれまで本山を避けてきたかよく知っている。

だが、六辻は笑った。その笑顔は、思いがけずさっぱりしたものに見えた。

「腹をくくった。一瞬とはいえ、遠くの森にいた穂澄の姉たちが気付くくらいの力を放出したんだ。本山の人間や妖が気づかないはずがない。それに、俺の名目上の任務は虹烏探しだ。知らなかったとはいえ、虹烏と契約を結んでおいて本家に知らんぷりはさすがに許されない」

『大丈夫？　六辻』と鈴ノ助が心配そうに鳴いた。

『行ったら仕事をさせられるんじゃないの？　虹烏を式神にしちゃったんだし。淫兎を一匹飼い殺しにするのとは訳が違うんだから』

六辻は、「そうだな」と小さく笑った。

「だけど、俺が嫌なのは、術を使うことによって妖を殺さなくちゃいけないことだ。でも虹烏はものすごく強い。死なないなら、穂澄の力を借りることはやぶさかじゃない。つまり伊波と同じ妖の使い方だな」

「それに」と六辻は穂澄の顔を覗き込んだ。

「もし俺が穂澄を式神として使わなかったら、きっと、本家の誰かが穂澄を奪って式神にすると思う。誰かを傷つけたくないという穂澄の気持ちを守るためにも、俺が穂澄と仕事をするしかなさそうだ。――誰も傷つけたくないという穂澄の願いは俺が守る。仕事は俺が厳選する。だから、式神として仕事をさせないという昨日の約束は早速反故になってしまうけど、俺と来てくれるか?」

穂澄の青い瞳が滲んだ。

この人は、何があっても自分を守ってくれる。

そして、――自分もこの人を守れる。いや、守りたい。

穂澄は、目をこすって涙を隠して、にっこりと笑った。

「行きます。僕を、式神として使ってください。……一生、お仕えします」

部屋のみんなに見送られ、夜明け前に家を出た。

始発電車を使って本山に向かうためだ。人混《ひとご》みが苦手な穂澄のために、乗車率が一番低い時間帯を六辻は選んだ。

朝の四時。空はまだ暗く、ランニングや早朝の犬の散歩をする人をちらほらと見かける程度だ。穂澄は、六辻と並んで歩いていた。

「朝の空気が気持ちいいですね」

穂澄はスキップをするように歩く。身が軽くて気持ちがいい。ここ数日の泥のように体が重かった時とは雲泥の差だった。

「楽しそうだな」と六辻が笑う。

「楽しいです。すっごく体が軽いんですよ。六辻さんに精を……」

貰ったから、と言いかけて穂澄は口を閉じた。じわじわと顔が赤くなる。

精を貰う、イコール体を重ねて交尾する、だ。昨晩、六辻に抱かれてさんざんよがり泣いたことを思い出して一気に恥ずかしくなった。真っ赤になった穂澄に六辻がくすりと笑う。

「本当に穂澄は淫兎っぽくないな」

「――……どうやら淫兎じゃなかったみたいなので……」

耳まで真っ赤にしてうつむいた穂澄の手を、おもむろに六辻が握った。

「む、六辻さん……っ」

手を繋いだまま歩きだされて、穂澄が焦った声をあげる。

「いいだろ。繋ぎたい気分なんだ」

「でも、見られたら……」

「まだ暗いし大丈夫だ。それに、もし見られたとしても、穂澄は小柄だから勝手に女の子だと思ってくれるさ」

振り向いた六辻の笑顔はいつになく楽しそうで、穂澄は目を瞬いた。

じわじわと幸福感が湧き上がり、全身にふわっと甘い震えが走った。

六辻の手は、大きくて強くて、……温かい。

——ああ、この人と契約したんだ。

夢みたいだと思う。

——式神は僕しか持たないって言ってた。六辻さんの式神は僕ひとりだけ。……僕だけの六辻さん。

嬉しくて、ふにゃっと顔が蕩けてしまう。

紅茶に入れた角砂糖のように、幸せに浸《つ》かった心がほろほろと溶けていく。

繋いだ手にきゅっと力を入れたら、六辻が楽しそうに笑った。

それが嬉しくてまた握ったら、きゅっと六辻も握り返してきた。

きゅきゅっと二回握れば二回、三回なら三回。リズムまで真似して握り返してくる六辻に、穂澄が声を出して笑う。頬が熱い。

そうやって子供のように遊びながら、駅に近づいたときだった。

突然、頭の奥がツキンと痛んで穂澄は動きを止めた。顔を上げる。

——……?

そこは、いつぞやのスーパーの前。穂澄が「寒い」と言った場所だった。

開店前のスーパーの中は暗い。自動ドアも閉まっているし、冷気が流れだしたわけではない。それなのに、またじわじわと寒気が強くなってくる。

突然足を止めた穂澄に、「なにか感じるのか？」と六辻が尋ねた。

「――というか、やっぱり寒くて……」

六辻が表情を改めた。

「このあたりが、叔父上や伊波が言っていた『怪しい事件ばかりが起こる場所』の西の端なんだ。負の気を引き寄せる何かがあると思うんだけど、俺には見つけられない。叔父上や伊波も見つけられなかったらしい。穂澄は分かるか？」

立ち止まったまま、穂澄は目を閉じた。耳を澄ます。

――聞こえる。……なんだろう。

さわさわ、ざわざわ、とかすかな雑音のような音。町の音ではない。もっと弱くて、――でも、なんだか悲しくて……。

『――帰りたい。帰りたい、……嫁と子供たちが待ってるんだ』

突然それが意味のある言葉になり、穂澄はぴくりと眉を動かした。

『痛いよう。かかさま……かかさま』

『重い。重い。どいてくれ……。わしは、まだ、やることが……』

男たちの声。

目を開けて周囲を見渡して、穂澄は目を疑った。

商店街の景色に、ぼんやりと別の風景が重なっている。土ぼこりと怒号、悲鳴。質素な鎧《よろい》と刀。あるいは、鎌や鍬《くわ》など武器を持っただけの男たち。

そして。彼らの向こうには、幅の広い堀が見えた。

――ああ、そうか。

穂澄は理解した。ここは戦場だ。

「穂澄？」と遠くから六辻の声。

「――待って」と穂澄は囁いて返した。重なる景色は霧のようにかすかで、何かが混じれば乱れて消えてしまう気がした。

情景が変わる。

同じ場所なのに、一変して静まり返っていた。

荒れた土地に、ただ風だけが吹いている。淋《さび》しい光景。

――……？

堀だった場所が埋められていた。

何もないのに、悔しさと恨めしさと悲しさと、……負の気持ちだけが溢れている。

なぜだか分からなくて、穂澄は目を瞬いた。その瞬間に景色が消える。

「穂澄？」

「――あ、……六辻さん」

六辻がなぜか焦った顔をして穂澄の顔を覗き込んでいた。

「びっくりした。突然ぼんやりして立ち尽くしたから。どうした？」

「なんか、——景色が見えて」

「景色？」

穂澄は六辻を見上げた。

「ここ、昔は戦場だったみたいです。男の人たちが、鎌や鍬を持って戦っていて……。あそこらへんに深い溝があって……」

遠くを指差した穂澄に「溝？」と六辻が問い返す。

「はい、長い溝があって、その向こうで鎧を着たお侍さんが弓を構えているのが見えました」

穂澄の言葉に、「そうか、外堀があったのか」と六辻が納得したように呟いた。

「え？　溝が関係あるんですか？」

「ああ」と六辻が静かに言った。

「堀がある所には、怨念が溜まりやすいんだよ。特に外堀は、戦に駆りだされた農民とかの平民が大勢死んで、その屍《しかばね》が無造作に堀に放り込まれて埋められた場所だから。——そうか、外堀だったのか」

ふう、と六辻がため息をつく。

「だけど、——外堀じゃ手に負えないな。怨念が強すぎる。本山から集団で術者を連れてこないと。でも、原因が分かっただけでもすごいぞ、穂澄」

「――ちょっと、……待って」

六辻の言葉を遮って穂澄がこめかみに手を当てる。

『…………――――…………――――』

声よりもかすかに、何かが囁いている。男たちの恨みの声よりも透明な何かが。

――あっち……？

穂澄はふらふらと歩き出した。

その声は真摯《しんし》だった。悲しさと、――もどかしさと、焦り。

何かを訴えている。なぜか、その声を聞かなくちゃいけない気がした。

駅前を離れて、穂澄は鉄道会社の敷地の砂利置場に向かう。

チェーンを外して中に入り、砂利の山を見つめて耳を澄まし「見つけた」と囁いた。

穂澄が歩み寄り、砂利の山のはずれからそっと抱き上げたのは、スイカくらいの大きさの丸い石。膝に置いて愛おしそうにそれを撫で、背中を丸めて抱きしめる。

ふわっと穂澄の髪が浮き上がった。それと同時に淡い燐光《りんこう》が生じ、あたりを明るく染め上げる。穂澄の空色の瞳が、ゆらゆらと揺らめく光を浮かべていた。

六辻が驚いたように一歩後ずさる。

まばゆいほどの虹色の光は、きっと妖にしか見えていない。物陰にいた小さな妖が光の恩恵を浴びようと姿を現したのに、普通の人たちは何も気づいていない様子で通り過ぎていく。

穂澄の全身から発する光は長く続き、妖たちが穂澄を取り巻いていく。一様に恍惚《こうこつ》とした表情で、近づきたいのだけど恐れ多くて近づけないというように、一定の距離を置いて。

「――お疲れさまです。ずっともどかしく見ていたんですね」

石に話しかける穂澄の声が、神秘的な響きを帯びていた。

「戻りましょう。もといたところに」

穂澄が立ち上がった。

燐光を発したままゆっくりと歩き出せば、妖たちもそのまわりをついていく。

「ここでいいですか？」

穂澄がそっと石を下ろしたのは、まだ真新しいマンションの裏の垣根の下。

石が地面に触れると同時に一陣の爽やかな風が吹き、一瞬で空気が澄み渡った。

穂澄の燐光も弱まって消え、妖たちがぞろぞろともとの場所に移動を始める。

穂澄の瞳の揺らぎも消えた。ふう、と息をついて「六辻さん」と振り返り、……集まった妖たちに気付いて「わっ」と声を上げる。

「――え？　何？」

いつもの様子に戻った穂澄に六辻は目を丸くし、次いでくっと笑った。

「すごいな、穂澄」

「え？　なにがですか？　やだこれ、なんでこんなに大勢……」

焦った穂澄が六辻の袖《そで》にしがみついた。先程までの神秘的な様子とはまったく違う。

笑いながらその頭を撫でて、六辻が尋ねた。

「今さっき穂澄が置いた、あの石は何だったんだ？」

穂澄が顔を上げる。

「あ、え……と。人びとの祈りが籠った石です。多分、この場所に埋められた人たちの魂を慰めるために置かれて、長い間繰り返し人々が手を合わせるたびに力を持って、ずっとここを見守ってきたのに、数年前、大きな建物の工事の時に移動させられてしまったんですって。

——そうしたら、人びとの祈りで眠りに就いていた魂が目を覚ましてしまって……。だから『戻りたい、戻してほしい』って、ずっと訴え続けていて……」

「そうか、——鎮魂石か」と六辻が呟いた。

「え？」

「戦場跡にはよくあるんだよ。遺族が建てた墓標とか、通りすがりの僧侶《そうりょ》が置いた鎮魂の石に、誰からともなく手を合わせるようになって、ご神体のように力を持ったものだ。本当は祠《ほこら》に入れて祀《まつ》るんだけど、そうか、……長い年月で所在があやふやになって、普通の石と思われて、場所を変えられてしまったんだな」

「本当にすごいな、穂澄」とまじまじと見つめられて、穂澄が赤くなる。

「——なんとなく、声が聞こえたから」

「声を聞いて、力を与えて、力ずくで消滅させるのではなく、癒して解決する。……これが虹烏の力か……」

六辻がふっと目を細める。

「穂澄を取り巻いた妖たちが、穂澄の歩みに合わせて退いて道を作っていくのは、まるでモーゼを見ているようだったな」

「え？　モーゼ？　……ってなんですか？」

六辻はおかしそうに笑った。

「外国の神様さ。それだけ神秘的だったってことだよ」

「神様？　とんでもない、僕はただの妖です。そんなこと言ったら、ばちが当たります」

慌てて手を振った穂澄に、六辻は本格的に声を出して笑い出した。


最寄駅からタクシーに乗って四時間。

連雀一族の本家は深い山の頂上にあった。

タクシーから降りた途端に目の前に広がった雄大な風景に、穂澄は「わぁ」と声を上げる。

山脈が波のように連なっていた。こんな美しい景色は、夢の中でしか見たことがない。

大きく深呼吸をすれば、爽やかな山の空気が肺に満ちる。

六辻が「少し待ってて」と姿を消し、穂澄は大きな屋敷の前でぽつんと残された。

不安になったところで、「いらっしゃい」と声をかけられて振り返る。

「伊波さん！」

白い着物に濃紺の袴姿の伊波がいた。その後ろには、真っ白な袴姿の霧虎。

この二人は好きだ。嬉しくて穂澄は頬を緩めた。

「待ってたよ。もう少し早く言ってくれれば俺が駅まで車で迎えに行ったのにさ、六辻ってば『今からタクシーに乗るから』って連絡してきたんだよ。酷くない？」

明るい口調に、思わず笑みを誘われる。

「駅で六辻さんが長い間誰かと電話していたのは、伊波さんだったんですね」

「そうだよ。ちょっと、今日の作戦を立ててたんだ」

いたずらっぽく笑ってから、伊波は穂澄の頬に手を当てた。

「いい顔色してる。下で会った時には、かなり弱ってたからね」

その手は氷のように冷たくて、穂澄は一瞬肩を竦めた。

穂澄の頬に触れた伊波の手を、歩み寄った霧虎が引っ張って離す。相変わらず無表情な彼に、伊波は対照的に明るく笑った。

「分かったよ。独占欲強いなぁ、もう。——じゃあ、あとでね」

——独占欲？

そう考えて、いきなりあることに気付いて、穂澄の頬が熱くなる。

――式神ってことは、伊波さんと霧虎さんも僕たちと同じようなことを……。

契約を結ぶ方法は交尾とは限らないのだが、そんなことを知らない穂澄は勝手に下世話なことを想像して赤くなる。

慌ただしく去った伊波と入れ違いに、六辻が戻ってきた。

「六辻さん」

ほっとして胸を撫で下ろした穂澄の前で、六辻はなぜか渋い顔をしている。

「どうしたんですか？」

六辻が苦々しそうにため息をついた。

「着いて早々だが、一族揃って待ち構えているらしい。すぐに来いと呼ばれた」

六辻が、手に持った白い布の束を持ち上げる。

「着替えてすぐに行かなくちゃいけない。行くぞ穂澄、さっそく正念場だ」

◆

六畳ほどの畳の間で六辻とお揃いの白い袴姿に着替え、穂澄は六辻に手を引かれるままに長い廊下を歩いた。

辿りついたふすまの前で膝を突き、六辻がぎゅっと穂澄の手を握る。

歩いていく間に緊張が増してしまった穂澄がどきんとして震えた。それに安心するように笑いかけ、六辻が正面に顔を戻す。

——六辻さん。

だが、穂澄には分かっていた。六辻も緊張している。顔は笑っていたが、繋がった手から緊張が流れ込んできていた。あの六辻をこんなふうに動揺させるなんて、なにが起きるのだろうと怖くなり、穂澄はごくりと唾《つば》を飲み込む。

「六辻です。入ります」

六辻の声が響き、彼は穂澄の手を握ったまま片手でふすまを開けた。

視界に飛び込んできた光景に、穂澄は息を呑んだ。

何十畳あるのか分からないくらい広く、細長い広間だった。六辻が開けたのは短辺にあるふすまで、長辺の左右にずらりと袴姿の男たちが並んでいる。全員の視線がこちらを向いていた。

その数、ざっと見て四十人以上。年齢は様々で、皆、その後ろに白袴の妖を連れている。正面の一段分高い雛壇《ひなだん》の上には、老齢の男性。妖も含めて百以上の鋭い眼光が、六辻と穂澄を貫いていた。

ぶわっと汗が湧く。

妖の前に座る術者の瞳は皆一様に漆黒で、六辻のそれと同じ、——あるいはもっと強く深《しん》淵《えん》の黒に輝いていた。この瞳の力が、連雀の術者の特徴なのだと知る。

立ち上がった六辻に手を引かれて、広間に足を踏み入れる。

左右から注がれる視線が痛いくらい強くて、怖いと穂澄は思った。

「虹烏か？　あれが？」

「ただの子供じゃないか」

こそこそと話す声が聞こえる。

その揶揄《やゆ》を証明するように手を繋いでいるのが恥ずかしくなり、穂澄は六辻から手を離そうとした。だが逆に、ぐっと強く握られる。まるで、絶対に離すまいとしているように。

驚いて六辻の顔を見上げれば、彼は挑むように正面を見ていた。

六辻の視線の先には、紫の袴を身に着けた白髪の術者。ちょうど中央あたりで六辻が腰をおろし正座をしても、六辻の視線は彼から離れない。

正面の老人がおもむろに口を開いた。

「久しぶりだな、六辻。五年ぶりか？」

「ご無沙汰《ぶさた》しています。大長老」

「式神は持たぬ、術者にはならぬと豪語して山を下りたそなたには、確かに形ばかりの虹烏探しの任を与えたが、まさか本当に虹烏を従えて戻るとは夢にも思わなんだ」

言葉に含まれている棘《とげ》がちくちくと穂澄を刺す。真正面からそれを受けている六辻は、どれだけ痛いのだろうと穂澄は心配になる。

だが、六辻は黙ったままだ。必要なこと以外は喋《しゃべ》らないと心に決めているのか、口を堅く引き結んでいた。

周囲をそろりと見渡して、穂澄は伊波の姿を見つける。彼は、先程屋敷の前で見せた明るい表情とは別人のような冷めた顔をしていた。濃紺の袴を身に着けた彼はかなり上座に近い位置にいて、穂澄はふと、袴の色で座る位置が決まっていることに気付く。最上段が紫、そこから紺、青、緑と淡くなっていき、一番末端は朱色。虹の色階だ。

そしてそれは、おそらく、連れている妖の強さの順だ。妖は一様に人の姿をして白い袴を身に着けていたが、上座の妖ほど優雅、あるいは頑強で見るからに妖力が強く、下座に行くほど小さくひ弱になっていく。

そして六辻は、式神を持っていないからきっと白袴なのだ。

「して、それが虹烏か?」

「はい」

「証拠は?」

証拠を求められるとは思っていなかったのだろう。六辻が顔を顰める。

「それを示せないのであれば、ここで生のままの姿になってみせろ」

「ここでですか?」

「そうだ」

くつくつと嫌味な笑いが満ちる。

六辻の眦《まなじり》が上がった。

「人の姿をとれる妖が、術を施す時以外、ましてやこのような大勢の前で生の姿を晒すのは大いなる侮辱。そのようなことを虹鳥にさせるのですか」

六辻が厳しい声で反論する。

「だが、そなたが連れている妖は、あまりにも貧弱だ。幻の虹鳥ともなれば、もっと優雅で力強く、美しくあるはずだと思うが。違うか？」

「ですが、穂澄は虹鳥です。私は先ほども、その力をこの目で見ました」

「そなただけであろう？　なんとでも言える」

「——そのようにお疑いになるのでしたら、私はこの妖をつれて山を下りるだけです。役目として仰せつかった虹鳥探し、その成果のご報告に上がっただけですので、信じてくださらないのならそれで結構です。そして私はもう虹鳥探しの任を解いていただき、二度とこの地には参りません」

あまりに剣呑な口調に、穂澄のほうが焦る。

「——ま、待って、六辻さん。僕は平気だから。虹鳥の姿になればいいんでしょう？」

穂澄は六辻を見上げた。

だが六辻は、「そんなことする必要はない」と穂澄の手を引いて立ち上がろうとする。

「待って」

「失礼します、大長老」

「待ってよ。嫌だよ。そんな喧嘩腰の六辻さん」

言い終えると同時に、穂澄は小さく息を詰める。

人の姿が消え、穂澄が身に着けていた白い着物と袴が床に落ちるのと同時に、その場に虹色の鳥が現れる。広間一杯にまばゆい光が満ちた。

一瞬の沈黙の後に、どよっとざわめきが起きる。広間はたちまち騒然としだす。

「――虹烏だ」

「……まさか、本当に」

一部の術者はそれでもまだ信じられずに背後の妖に確認を求め、『確かに』と肯定されて驚愕《きょうがく》の表情を向けた。

彼らのその驚き具合に、穂澄のほうが動揺する。ある意味、自分の価値をこの場で一番分かっていないのが穂澄だった。困惑して六辻に体を摺り寄せる。

周囲を見渡したら、大きくため息をつく伊波が目に入った。穂澄と目が合うと、なぜか顔を顰めてもどかしげに髪を掻く。笑ってくれると思ったのにそんな顔をされて、動揺に拍車がかかった。

——え？　なんで……？

分からない。六辻を見上げれば、彼は相変わらず厳しい顔をしている。

焦った穂澄が泣きそうになったその時、「よくやった、六辻」と大長老の低い声が広間に響いた。決して大きな声でないのに、明らかに空気を震わせたその声に驚いて穂澄が振り返る。

大長老は立ち上がり、雛壇を下りて穂澄たちのところに歩いてきた。

——怖い。

穂澄の小さな心臓がばくばくと音を立てはじめる。

老齢のはずなのに、大長老の全身が醸し出す気迫が穂澄を直撃した。これが、連雀一族を束ねる長《おさ》の迫力なのだ。虹烏の姿になり、様々なものを敏感に拾い上げてしまう状態なだけに、それは恐怖だった。

「さあ、六辻。虹烏を寄こすんだ」

その言葉に、穂澄はぎくりと震えた。

——寄こす？

怯える穂澄を、六辻が自分の体の後ろに回す。

「なぜ隠す、六辻。虹烏は連雀の財産だ。四百年前、連雀一派は虹烏を得ることによって興き、虹烏を三代続けて祀ることで栄えた。虹烏は連雀全体で祀るべきものだ。そなたが見つけたからといって、そなたの式神にすることは許されない」

――え……？

愕然とする穂澄の前で、六辻が唇を噛んだ。

「さあ、虹烏を寄こせ。大長老のわしに面倒を見る役目がある」

穂澄はぞわっと震えた。尾羽が揺れる。

『――い、嫌だ……』

あの人は怖い。いや、違う。ここにいる全員が怖い。

「そうだ、六辻。虹烏はお前ひとりのものではない」

脇にいる年配の術者が声を上げた。

「お前に虹烏探索を命じたのは、連雀のためだ。見つかったのなら本山に渡せ。分かっているんだろう？」

一気に場が騒がしくなる。

「なんだその態度は！　虹烏を独り占めする気か」

「お前はどれだけ連雀を乱せば気が済むんだ！」

おそらく六辻は、式神を持つことを拒否したり、術者にならないと宣言することで、連雀内部でも反感を買っていたのだろう。六辻に向けられる糾弾の声は一気に激しくなった。降り注ぐ激しい怒気に反応して、穂澄の心臓がばくばくと音を立てはじめる。

『六辻さん……』

「大長老！」と六辻が大声を出した。

その声の強さは文句の声をしのぎ、場が一瞬静まる。

「この虹鳥と私はすでに契約を交わしました。穂澄からも式神になる約束を得ています」

ざわっと場が揺れる。怒声を上げたのは、広間の後ろのほうにいた術者だった。

「契約、……式神だと？　作らないと言っていたくせに」

「なんでそんな勝手なことを！　虹鳥がどういうものか分かっていないのか」

たちまち騒がしくなった広間の中で、大長老がすっと手を上げた。

「まあ、待て」

瞬時に場が静まる。見事な統率力に穂澄は目を瞬いた。

このような集団であれば、六辻の存在はさぞかし鬱陶しかっただろうと穂澄でさえ思う。

だが、感心したのも束の間、大長老は穂澄にとっての爆弾を落とした。

「契約なぞ、いつでも解除できる。契約無効の術をかけたうえで、更に強い術者と契約すればそれまでだ」

大長老は穂澄と六辻の前に立ち、「さあ」と六辻に手を伸ばす。

「そなたの手で、虹鳥を連雀に渡すのだ。さすれば、そなたには虹鳥捕獲の最大功労者として一生働かなくても暮らせる報奨金と、望み通り術者にもならず式神も持たずにいられる名誉階級をやろう」

ぞわっと穂澄の背に鳥肌が立った。

六辻は奥歯を嚙みしめて大長老を見上げている。

場の空気が張り詰めた。

『——い、嫌だ、六辻さん』

穂澄が震えながら呟いた時だった。

「その虹烏は、六辻から離したら死にますよ」

若く張りのある声が広間に響いた。伊波だった。

「その虹烏は、自死しようとしていたところを六辻が救い上げ、看病し説得して生きながらえさせたものです。六辻以外には懐きません」

穂澄は驚いて伊波を見る。

伊波が六辻の家に来たときに、こんな話はしていない。穂澄自身だって自分を淫兎だと思っていた頃だ。穂澄の事情を伊波は知らないはずだった。

——あ、長電話。

はっとする。

作戦を立てたと伊波は言った。だったらきっと、これは作戦のうちなのだ。

穂澄は六辻に体を擦り付けたまま、勇気をかき集めて顔を上げた。

『僕の命は、六辻さんに貰ったものです。六辻さんと一緒にいられないのだったら、——僕は霧になって消えます』

はっきりとした声で言いきる。

初めて耳にした虹烏のまともな声に、周囲が静まった。自分の声に特別な力があることを穂澄は知らない。

だが、大長老をはじめ高位の術者たちはさすがだった。特に大長老は、穂澄の声に欠片も惑わされず「それは、六辻しか知らないからだ」とゆっくりと言う。

「連雀一族には六辻よりも強い術者が幾らでもいる。彼らによる最高の扱いを約束しよう」

手を差し伸べられ、穂澄は後ずさった。

『――い、嫌です』

声が震えた。

『なんで六辻さんじゃダメなんですか？　連雀の術者でいいのなら、強くなくてもいいから、六辻さんがいいです』

大長老は何も答えない。ただ笑顔を顔に貼り付け、差し伸べた手を穂澄に近づける。

怖い、と思った。ものすごく怖い。長い嘴《くちばし》がかちかちと音を立てる。

上を向いていた大長老の手のひらがゆっくりと下を向く。捕まえようとしていることに気付いて、穂澄の恐怖が爆発した。

『や……だ、嫌だっ……！』

その手をどけようとして翼を開いた……瞬間に、穂澄は人の姿に戻っていた。

「穂澄っ？」

仰天した六辻が着物を慌てて拾い、全裸の穂澄を包んだ。そのまま守るように抱きしめる。

虹色に光る茶色い髪と、白い着物の裾から覗く長い尾羽が、穂澄が虹烏だということを示していた。

穂澄は青い目に涙を滲ませて大長老を見上げる。

「――僕に、……触らないで。六辻さんのなにがいけないの？　なんでそんなに六辻さんを責めるの？　式神を使わないから？　術者にならないから？　でも僕は、……そんな六辻さんだから、六辻さんの式神になろうと思ったんです。六辻さんじゃないと嫌です。六辻さんから離さないで。――お願いします」

ぼろっと涙が零れる。

泣いている場合じゃない、と唇を嚙んで涙を堪えようとするが、体が言う事を聞かない。

玉のような涙が青い瞳から次から次と零れ落ちて、畳の上でぽたぽたと音を立てた。

その姿を、術者たちは呆気にとられて見ていた。

きっと彼らは、六辻が強引に虹烏と契約を結び、自分のものにしたと思っていたのだろう。

だが、唇を嚙みしめて泣く穂澄の様子が、そうではないことを示していた。

「大長老、提案があります」

伊波だった。

「虹鳥は、間違いなく連雀の宝です。ですが、今の状態では、虹鳥は六辻の他の術者に従うことはないでしょう。この際、六辻を虹鳥の保護者と認めて、一年に一度必ず本山に報告に来るように命じてはどうですか？」

大長老が振り返る。伊波はにこりと笑った。

「大長老が仰《おっしゃ》るように、この先もし虹鳥の目が覚めて六辻ではない術者の素晴らしさに気付いたのなら、その時に改めて契約解除と再契約をしたらいかがでしょうか」

長老が穂澄に視線を戻し、次いで六辻を見る。

「とりあえずは、伊波の提案を受け入れよう」

彼はしゃがみ、穂澄の顎に手を伸ばした。びくっと下がった穂澄を追いかけ、逃げることを許さずに顎を摑む。穂澄は怯え、ぎゅっと目を瞑《つむ》った。

──……！　……？

だが、大長老の心が流れ込んできて、穂澄は目を見開く。

『…………嫌だからと本山から逃げたような六辻に、この幼い虹鳥を守り切れるだろうか。もっと長けた、強い者を護りにつけたかったが仕方ない。だいたい六辻も六辻だ。どれだけ心配しているかも知らず五年も姿を見せずに。だが、まあいい、これで一年に一度顔が見られるようになるなら、悪いことではないかもしれん…………』

――悪い人ではない……？

穂澄は大長老を見上げた。

その視線からふいと顔を逸らして、大長老は立ち上がる。

「虹烏を六辻から離して自死などされたら、また何百年も探さねばならんからな」

悪ぶった口調で言って、六辻と穂澄に背を向けた。

「解散！」

大長老は、見かけにそぐわない張りのある声で散会を告げる。

――終わった……？

安心した途端に、穂澄はぺたんと畳の上にへたり込んだ。


着物に袖を通しただけの穂澄の肩を抱いて、六辻が長い廊下を歩いている。六辻の隣を歩く伊波が穂澄の袴を腕に掛け、その少し後ろを霧虎が歩いていた。

「まったく、絶対に虹烏の姿になるなって言いくるめておかない六辻が悪い。どうしようかと思ったじゃないか」

伊波が文句を言う。

「あの場で虹烏になると思わなかったんだよ」

「なんで一応でも言っておかないの？　六辻は言葉が足りないんだよ」

ぽんぽんと苦言を呈する伊波の言葉に、こればかりは穂澄も同意する。

確かに六辻は言葉が少ない。自分の心の中で飲み込んでしまうところがある。

大長老の心の中の声を思い出す。もしかしたら六辻は、大長老とじっくりと話したことがないのではないだろうか。

「まあ、なんとかなったから良かったけどさ」

長い廊下の端を曲がったところで、キン、とかすかな耳鳴りを感じて穂澄は顔を上げた。

「あ、気づいた？　さすがだね。ここから霧虎の結界内。この中にいれば、会話も何も外に漏れることはないから、——はいここ。今晩は俺の部屋を提供してあげる」

伊波が廊下の端のふすまを指差す。

「今夜って、——駅まで送ってくれるんじゃないのか？」

「嫌だよ」と伊波があっさりという。

「今から片道四時間かけたら、俺がここに戻ってくるのが深夜になる。さすがに真夜中の山道運転はしたくありません。ということで、諦めて今晩はここに泊まって」

にっこりと伊波は笑う。

「ああ、ちなみにこの部屋は、いくつかある部屋のひとつで、普段はあまり使っていないところだから。布団も全部客用。俺の寝床を奪ったとか気にしないでいいよ」

「そんなに部屋があるのか。出世したな」

「霧虎のおかげだよ。連雀では一の式神の強さで階級が決まるからね。そういう意味では、もし六辻がここに住んだら、間違いなく俺以上の高待遇になるんだよ。なにせ、幻の虹烏を式神にしてるんだから」

「俺はここには住まないよ」

ゆったりと言った六辻に笑いかけてから、伊波は「そうだ」と自分の懐に手を入れた。

「はい」と取り出したのは、二十本近い組み紐《ひも》の束。

眉を顰《ひそ》めた六辻に、伊波が「嫌かもしれないけど、一応ちゃんと結んでおきなよ」と真面目な顔で言う。

「これがないと連雀の式神だって認識されないからね。どこぞの術師に横取りされても知らないよ」

六辻は渋い顔をしているが、穂澄はぶら下げられた組み紐に目を奪われていた。

「すごく綺麗」と見つめて囁く。

「綺麗？」

「はい。よく見ると、みんな少しずつ色が違ってて、繊細で」

「でも穂澄くん、これは式神を縛る……」

「知ってます。首輪とか鎖みたいなものでしょう？　だけど僕、伊波さんと霧虎さんのお揃いの朱色の組み紐を見て、いいなぁって思ったんです」

「――いいな？」

伊波が聞き返す。

「ずっと一緒にいる約束の証拠じゃないですか。ほら、結婚指輪みたいな」

伊波と霧虎が顔を見合わせる。ぷっと吹き出したのは伊波だった。

「ほんと可愛いね。はい、これ全部渡すから六辻と選びな。あと、これも貸してあげるよ」

穂澄の手に紐の束と鋏《はさみ》を押し付けて、もう一方の手で穂澄の頭を撫でる。

「兎の耳がないから撫でやすいね」と笑いながら言った次の瞬間、伊波の手は霧虎によってぐいと引き離された。伊波が呆れた表情で背の高い式神を振り返る。

「だからさ、霧虎。いいじゃん、少し触るくらい」

『駄目だ』

霧虎の形のいい唇から漏れた声は、痺れるくらい低い良い声だった。

『伊波の冷たい手は私だけのものだ』

「ああもう、心が狭いんだから」

喚く伊波を、霧虎がひょいと肩に担ぎ上げる。

「ちょっと、霧虎！」

暴れる伊波をものともせず、霧虎は『失礼する』と六辻に頭を下げた。

「霧虎ってば！」

言い合いをしながら離れていく二人を、六辻が「伊波！」と大きな声で呼ぶ。

「ありがとう！」

霧虎の肩の上で動きを止め、伊波が「どういたしまして」と手を振る。

「小さい時によく手を温めてもらったお返し。俺はいつでも六辻の味方だからね」

にぎやかな姿が消えるのを待って、六辻が穂澄の肩を抱いた。

「部屋に入ろう。紐を選ぶんだろ？」

六辻の笑顔が優しい。戻ってきたそれが嬉しくて「はい」と穂澄は微笑む。

部屋にはすでに布団が敷かれていた。それが一組しかないことに大して疑念も抱かずに、穂澄は真っ白なシーツの上に組み紐を並べる。

「どれもすごく綺麗。迷っちゃいますね。六辻さんはどれがいいですか？」

にこにこと紐を眺める穂澄の横に六辻が並んで座る。

「この赤はどうだ？」

「赤？　赤だと伊波さんたちと一緒ですよ」

「こういう時は赤だろ。運命の赤い糸って知らない？」

穂澄がきょとんとした顔をする。

「どこの国の言い伝えだったかな。結ばれる二人は、生まれる前から互いの小指が赤い糸で繋がっているって伝説だよ」

六辻の言葉に、穂澄の頬がじわじわと赤くなっていく。

「だったら、僕も赤がいいです」

答えた穂澄に、六辻が頬を緩めた。

向かい合い、足を伸ばして座った穂澄の左足首に、六辻が組み紐を蝶々結びに結いつける。足首にしたのは、虹烏になった時に邪魔にならない場所だからだ。

六辻は真面目な顔をしていた。まるで何かの儀式のような恭しい六辻の仕草に、穂澄の心臓がとくとくと音を立てはじめる。

きゅっと紐を結び終えて、長いほうの端を切ってから、六辻が静かに口を開いた。

「この紐には術が組み込まれていて、契約相手の術者じゃないと外せない。更に、術者の命令を式神に強制する力も持っている。だけど俺は、穂澄が嫌がることを強制する気は一切ない。穂澄にはいつも笑っていてほしいし、そのために俺も努力する。――だから、末永くよろしく頼むよ、穂澄」

思いがけない六辻の言葉に心が震えた。

――儀式みたいじゃない。儀式なんだ。

真っ赤になって「はい」と答えた穂澄に六辻が微笑む。

今度は穂澄の番だ。

切り取ったほうの紐を手渡され、少し迷った後で、穂澄はそれを六辻の左手首に巻いた。穂澄と同じように足首でもいいのに、あえて手首を選んだのは、この紐を見るたびに、自分を思い出してくれたらいいなと、そんなことを願ったからだ。

——最近の僕は、なんて我儘《わがまま》なんだろう。

前は、生かされているだけで十分、いつ霧になって消えてもいいと思っているくらいだったのに、もっと六辻といたいとか、僕のことを思い出してほしいとか。

でも、そう思える自分が、なぜか愛しくて幸せだった。

六辻の手首に赤い組み紐を結びながら、穂澄も口を開く。

「僕も、六辻さんが嫌がることはしません。六辻さんには笑っていてほしいから。あと、……すごく…………大好きです」

意表を突かれたように目を瞬いて、六辻はくっと笑った。

「な、なんで笑うんですか」

頬を染めた穂澄の後頭部に、紐が結わえられた左手が添えられた。軽く引き寄せられる。

「ありがとう、穂澄。——俺も穂澄が好きだよ」

ぶわっと穂澄の顔が火を噴いた。真っ赤になった唇に、六辻の唇が重なってくる。

——あ、キス……。

布団の上に両手をつき、前のめりの格好で六辻の口づけを受ける。

六辻の香りがした。柔らかい唇の感触に、一気に意識が夢見心地になる。

それは、一昨日《おととい》六辻に抱かれた時に覚えた体が熱くなる感覚。

入り込んできた舌に更に熱をあおられ、穂澄はふとどきりとして身を離した。

「む、六辻さん」

「なに？」と六辻が穂澄の顔を覗き込む。

「だ、駄目です。……ここ、伊波さんの部屋……」

これ以上続けられたら、体が本格的に熱くなってしまう。

「大丈夫だ。伊波はそのつもりでこの部屋を貸したはずだよ」

「え？」

「じゃないと、布団が一組なんてありえないだろう？　それに、声も様子も外に漏れないなんてこともわざわざ伝えない」

ぶわっと顔が熱くなる。恥ずかしさに体が震えた。

伊波はにこやかに笑いながら、そんなことを想像していたのか。

真っ赤になって戸惑う穂澄を、六辻が布団の上に横たえる。

「ほ、本当にする気ですか？」

「するよ。一昨日は鈴ノ助たちがいて落ち着かなかったからね」

「……あ、えーと。……はい。そうですね」

「ゆっくり、静かに、な」

覆いかぶさられて、穂澄の好きな優しい笑顔で微笑まれたら拒否なんてできっこない。

穂澄だって、六辻と抱き合うのが好きなのだ。夢みたいに幸せだったあの夜を思い出す。

頬を染めて、穂澄は六辻に両手を伸ばした。

目元を緩めた六辻の顔が近くなる。再度唇が合わさり、今度は舌とともに唾液が口移しで与えられた。甘い味とともに力が流れ込むのを感じて陶然とする。舌が絡んでかすかな水音を立てた。

――恥ずかしい。

穂澄の頭の中には、ここが伊波の部屋だという意識がまだ残っている。

そもそもここは霧虎の結界なのだから、霧虎には丸見えなんじゃないかとか。

だがそれも、着物の前を開かれ、いつの間にか袴を脱いで帯を緩めた六辻と、裸の胸が重なった時に痺れて消えた。

――あ……。

ぴりぴりと電流が流れるような気がした。頬を染め、胸を反らして穂積が喘ぐ。

六辻が穂澄を見つめた。黒い瞳が優しく、――でも熱っぽく自分を搦《から》め捕《と》る。

初めて出会った日のことをふと思い出す。真夏の炎天下、アスファルトの上。

『大丈夫か、兎っ子』

口調まで脳裏に蘇《よみがえ》り、溢れるほどの愛しさが全身を貫いた。

「――六辻さん」

思わず呟く。

「あの日、――僕を見つけてくれて、ありがとう……ございました」

なぜだか涙が出そうになる。瞼が熱くなりぎゅっと目を瞑った穂澄の体を、六辻が感極まったように狂おしく抱きしめた。

「俺も、穂澄に出会えて良かった」

ぐうっと胸が苦しくなる。泣きたい気持ちが高まり、穂澄の息が乱れた。

「穂澄。誰かを特別に愛しいと思う気持ちを取り戻させてくれて、ありがとう」

穂澄が目を瞠る。心が震えた。

それは告白だった。穂澄が六辻の特別だという、心からの言葉。

六辻の熱い手が、感動に震える穂澄の肌を撫でて、敏感なところを辿る。

「――……あ、……ん」

穂澄は息を詰めて身を捩った。触れたところからどんどん溶けていくような気がして、シーツを握り締めて、なんとか自分を留める。そうしないと蕩けて消えてしまいそうだった。

声が漏れそうになって、手で口を押さえる。

「――……っ」

小さな胸の突起を甘噛みされて、意識が飛びそうになる。

甘い痛みを与えられるたびに瞼の裏で閃光《せんこう》が弾ける。どうしよう、気持ちがいい。

繰り返し吸われ、反対側の尖りをくりくりと捩られて、穂澄は身を震わせてよがった。

「あ、……ん、う……っ」

必死で声を抑えようとしているのに、喉が言う事を聞かない。

――いやだ、嫌だこんなの。もう淫兎じゃないのに、なんで。

穂澄は戸惑った。もう、セックス好きの淫妖ではないはずなのに、なんでこんなに乱れてしまうのか。自分がものすごく破廉恥になったようで恥ずかしすぎる。

気持ちいい。でも乱れすぎるのは怖くて、混乱のあまり、涙まで滲んでしまう。

やがてじんじんと股間が熱くなる。ものすごくはしたない気がして、あえて足を擦り合わせたのに、それに気づいた六辻が、手を伸ばしてそれをぎゅっと握った。

「――……あっ……！」

電流が走り抜けた。そのまま上下にしごかれて、痺れるような快感が腰を突き抜ける。

怖いくらい感じている。快感が激しすぎて、夢見心地になることを許さない。六辻の手の動きのひとつひとつを意識が追いかけ、そのたびに全身を跳ねあげさせる。

このまま後ろまで弄《いじ》られたりしたら、我慢できない。――声をあげてしまう。壊れる。

穂澄は本気で怯えた。……のに、六辻の指は穂澄の尻の谷間に入り込み、その場所をするりと撫でた。ぐうっと指先を押し付けられる。

「――や、……や、だっ」

泣く一歩手前の穂澄の声に、六辻が動きを止めた。

「嫌？　穂澄。一昨日のがまだ辛い？」

穂澄が目を瞬いた。動きを止めたら、ばくばくと心臓が痛いくらい暴れているのを実感した。気遣わしげに自分を見下ろす六辻の瞳。

「……ち、違います。感じすぎて、怖くて。――なんか、一昨日と全然違う……」

六辻がふっと笑った。

「そうしてるんだよ。一昨日は鈴ノ助たちがいたからね。今は、見てるのは俺だけだから、もっと乱れて。素のままの穂澄が見たい」

ばくんっと心臓が跳ねた。ぶわっと恐怖に近い期待感が湧き上がる。

「――あ、……ああ、っ」

くっと入り込んだ指先が、内壁の柔らかいところをまさぐる。

浅いところを押され、撫でられるたびに、体が波になったみたいにうねった。

蕩ける。液体になる。形がなくなる。一昨日とはまた違う快感。

きっとそれは、穂澄も六辻だけを見ているから。

そして、六辻も穂澄だけを見ている。薄く開いた滲んだ視界に、自分を見つめる六辻がいた。黒い瞳を欲情に染め、それでも包み込むような優しい眼差《まなざ》しで穂澄の反応を探っている。

——そんなに、見ないで。

感じすぎているのがばれてしまう。閉じられない唇とか震える瞼とか、頬は間違いなく真っ赤だ。六辻が可愛いと言ってくれる顔だけ見せたいのに、こんな、眉を寄せて乱れた泣きそうな顔しかできないなんて……。

六辻の指が、ぐうっと奥に入り込む。穂澄の感じるところを弄って、あと少しでびりっと痺れる微妙なところを撫でたり押したりする。

「あ、——……あ、ん……っ」

もどかしくも重たい快感に、穂澄は頭を打ちふるって悶える。汗が飛ぶ。

あと少し、……もうちょっと……！　羞恥に震える心とは逆に、体は貪欲《どんよく》に快感を求める。

そんなつもりはないのに、勝手に腰が動く。

「——穂澄、いける？」

「……いけない、です。……ん、う……もう少し……っ」

挿れてほしい。一昨日繋がったあの大きなものならきっと届くと思うが、そんなことはとても口に出せない。でも、——どうしても、欲しくて。穂澄は悶えながら六辻の股間に震える手を伸ばそうとした。

「だめ。今日はやらない」と六辻がその手を握る。

決死の想いで伸ばした手を止められて、いたたまれなさに穂澄は一気に真っ赤になった。六辻はきっと、そこまで盛り上がっていないのだ。飢えているのは自分ひとり。

恥ずかしくて、身の置き所がなくて、穂澄は枕を手繰《たぐ》り寄せた。顔を隠してしまおうと引きずり上げて、その下に隠されていたものに気付く。

六辻も動きを止め、——数秒後になぜかくつくつと笑いだした。

「……伊波の奴」

六辻が手に取ったそれは、小ぶりなチューブ。透明な液体が詰まっている。

わけが分からないという顔をする穂澄に、六辻が「ローションだ」と説明する。

「一昨日のサラダ油と同じだよ。心置きなく楽しめってメッセージだ」

ありがたく使わせてもらうか、と六辻がチューブの蓋を開けるのを、穂澄は信じられない思いで見ていた。穂澄の表情に気付き、「どうした？」と六辻が尋ねる。

「……だって、さっき、六辻さん、今日はやらないって……」

拒否された時のいたたまれなさが蘇り、泣きそうになった穂澄に、六辻が「何もなかったからね」と答えた。

「あれだけ痛がった穂澄に、そのまま挿入するなんてことはできないよ。今回は諦めようと思ってたんだけど、——俺がそうすることまで、伊波にはお見通しだったらしい」

穂澄が目を瞬く。

「……僕が、みっともなく感じすぎたからじゃなくて……？」

「どうして？　乱れれば乱れるほど可愛いよ」

言いながら、六辻がどろりとした粘性の高い液体を手に出すのと同時に、思いがけず爽やかな香りが鼻に届いた。

「夏みかんだ」と呟いた穂澄に、「なんだこれ、伊波の奴」と、ははっと笑いながら六辻が覆いかぶさる。開かされた足の間にそれを塗られて、ぬるりとした独特の感触に穂澄が息を詰めた。

「——あ……」

六辻が、自分のものにもそれを塗りつける。

立派な昂ぶり。それをこれから受け入れる期待と、乱れすぎてしまうんじゃないかという恐怖に穂澄はぶるりと震えた。体が熱くなる。

足を抱えられ、びっくりするほど熱い先端がぬるぬると動いてその場所を探す。

探りあてられた。ぐうっと中に入ってくる。穂澄は声もなく仰《の》け反《ぞ》った。

張り裂けそうに大きなものが、柔らかい内壁を擦りながら奥へ奥へと穂澄の内部を侵す。

「あ、……あ、………——あ……」

——届く。……そこ、……っ。

感じる場所にそれが届き、待ち焦がれた快感が穂澄の体を突き抜けた。

全身を強張らせて一瞬で真っ赤に染めた穂澄を見つめ、六辻がその場所を繰り返し責める。

「ああ……っ！　――あ、ああ、あああ……んっ、あん、……っ」

嬌声が止まらない。跳ねる腰を逃げないように固定され、強く抉《えぐ》られた。突かれ、捏《こ》ねられる。あまりに強い快感に、目の前に火花が散った。

六辻を感じる。――六辻が自分を抱いていることを、六辻に抱かれていることを全身で思い知らされて、怖いくらいの幸福感に穂澄は喘ぎながら咽《むせ》び泣いた。

「――穂澄。……穂澄」

少し動きを緩めて、涙が流れる頬を六辻が撫でてくれるのも幸せで……。

「……六辻さん、……」

この溢れそうな温かくて熱い気持ちを、なんと言えばいいのか分からない。潤んだ青い瞳で見上げた穂澄に、六辻がふっと微笑んだ。

「穂澄。俺のそばに来てくれてありがとう。いつまでも一緒にいよう」

降り注ぐきらきらした言葉に、穂澄の胸が喜びで震えた。

六辻の首に両腕を回し、「嬉しいなぁ」と涙を滲ませて花のような笑顔を浮かべる。

「一昨日、言えなかったけど、……大好きです。本当に、大好き。すごく大好き」

――ああ、やっと言えた……。

舌足らずに繰り返す穂澄を、なぜか顔をくしゃっと歪めて見つめ、その腰を六辻が抱え直

した。ぐんっと突き上げられる。

頂上を目指すための激しい律動に、穂澄は声もなく背を反らせた。

「あ、……あぅ……っ、あ、あ、あ、……っ」

強すぎる快感に、掠れた悲鳴を上げて穂澄がのたうつ。頭の芯に靄《もや》がかかり、我を失いそうになりながら、穂澄は六辻の言葉を頭の中で繰り返した。

——一緒に。いつまでも。

「あ、——ああああぁぁぁぁあっ」

臨界点を超えた快感に穂澄は仰け反る。

同時に、体の中に六辻の力が注ぎ込まれるのを感じて、穂澄は意識を飛ばした。

山の朝の空気は、夏でも肌寒いくらいに涼しい。

朝の散歩に行こうと誘われ、穂澄は六辻と一緒に屋敷の裏側に来ていた。

「ここですか?」

「そう」

白い玉砂利を敷いた小道の先に現れたのは、木々に囲まれた平屋建ての木造の屋敷。その周囲には、厳重にしめ縄が巻かれ、お札までつけてある。

導かれるままに建物の中に入って、穂澄はぎくりとして震えた。妖の匂いがした。しかも、何種類も大量に。

『おや、六辻じゃないの』

薄暗がりから声がして、穂澄はどきりとする。

だが六辻は、「暁《あかつき》、ひさしぶり」と、穂澄の手を引いてそこに向かって歩き出した。

暗がりがぽうっと明るくなり、煙管《キセル》を咥えてのんびりと寝転がる妙齢の女性の着物姿が浮かび上がる。目の縁が赤い、きつい釣り目の、だけど不思議に妖艶で美しい妖だった。金色の長い髪を、目の縁と同じ色の赤い珠が付いたかんざしで結い上げている。着崩した濃い色の着物の襟からのぞく綺麗な長い首が色っぽかった。

『何年ぶりかい？　大きくなったね。——おやおや、珍しいお仲間を連れているよ。虹烏じゃないかい』

その声と姿に、穂澄はぶるっと震えた。とんでもなく力が強いのを肌で感じる。姉たちの比じゃない。ぞわぞわと鳥肌が立って止まらない。

「そう、穂澄と言うんだ。暁たちに紹介したくて連れてきた」

『おやおや、六辻とお揃いの組み紐を付けて。へえ、あの泣き虫六辻がとうとう式神を持ったのかい。出世したもんだねぇ』

からかうような口調だけど、そこに棘はない。むしろ温かい。穂澄は、この妖が、いつかの六辻の話に出てきた幼い六辻の心を守った妖たちの一人なのだと気づいた。

妖は身を起こして片膝を立てて座り、ふふっと笑った。コンと煙管を鳴らす。

『それにしても懐かしいねぇ。虹烏さんや。何百年ぶりかい？』

その言葉に、穂澄ははっとした。

「――前の、虹烏を知ってるんですか？」

『おや？　その言い方は、まったく覚えてないんかい？』

「覚えて……？」

『虹烏はいつでも一人だよ。脱皮をするように生まれ変わるだけ。前の虹烏は、その前の虹烏の記憶を持っていたけど、あんたは忘れちまったのかい？　残念だねぇ』

穂澄の心臓がとくとく音を立てる。思わず、縋るように尋ねていた。

「あの、前の虹烏のことを教えてもらえませんか。僕は全然覚えてなくて。連雀一族の誇りとか言われても、何をどうすればいいのか、まったく分からないんです」

くくっと妖は笑った。長く白い指で穂澄の顎をそろりと撫でる。

『覚えていないのなら、自分で決めていいんだよ、おちびさん』

「……自分で？」

『そう、自分の目でしっかりと連雀を見て、悪くないと思ったのなら手助けをしてやればいい。どうしようもないと呆れたなら、見捨てて飛び去ればいい』

「――飛び去る？」

『そうだよ、あんたは飛び方を知っているはずだよ』

その言葉に、あるイメージが頭に浮かんで、穂澄は息を呑んだ。

――空を飛ぶ夢。あれはもしかして、虹烏の記憶……？

暁は目を細めて笑い、『そうそう、六辻』と視線を六辻に合わせる。

『東雲から伝言を預かってるよ。聞くかい？』

「東雲から……？」

六辻の声が動揺で揺れた。

『そう。東雲は、存在が消える前に一瞬だけここに立ち寄って、あんたへの言葉を置いていった。最後の姿をあんたに見られるとは思ってなかったんだろうねぇ。『泣くな』だって』

「――泣くなって言っても、……俺は、東雲を救うこともできなかったのに」

くくくっと暁は目を細めて笑った。

『救うとか、偉そうなことをお言いだねえ、六辻。言っておくけど、あたしたちはここに居てやってるんだよ。有象無象の弱っちい妖ならともかく、あたしたちは強い。こんな組み紐なんかいつでもぷちんと切って、さっさと飛び去れるのさ。それをしないのは、ここにいるのも悪くないと思っているから。ただそれだけだよ。――東雲もそうさ。東雲も、自分の意思でここにいたんだよ。だから、泣くな、と言ってるのさ』

穂澄は思わず、「なんでですか？」と尋ねてしまっていた。暁が穂澄を見る。

「そんなに強い妖なのに、どうして大人しく、式神になって言う事を聞いているんですか？」

暁は、綺麗な眉を寄せてくっと笑った。

『どうしてだろうねえ。――名前を、貰ったからかもしれないね。妖狐としか呼ばれなかった自分につけられた暁という名前が、あたしは嫌いじゃないのさ。この名をくれたあいつが生きているうちは、あたしはここにいて言う事を聞いてしまうんだろうね』

そして、コン、と煙管の背で暁は六辻の頭を叩く。

『ほら、泣くでないよ。相変わらずの泣き虫かい？　あんたが虹烏のおちびちゃんを守るんだろ？　だからあたしたちに見せに連れてきたんじゃないのかい？』

穂澄は、ぐっと手を握った。目の前にいる美しい妖の温かい心が流れ込んでくる。

『なになに、六辻がまーた泣いてるとか』

奥から別の妖のだみ声が聞こえ、近づいてくる。

『いい歳《とし》して相変わらず泣き虫か』とまた違う笑い声。

『ちょっとは大人になったかと思えば、まったくもう』

つぎつぎと近寄ってくる妖たちの声。どれも六辻に対する慈しみに満ちている。

きっとこの場面には、自分はお邪魔虫だと感じて、穂澄はそうっとその場を離れた。

玉砂利の道まで戻り、六辻を残してきた屋敷を振り返る。

——温かい場所だったな。

幼い六辻を彼らがどれだけ慈しんできたのかがよく分かる。

そんな場所を、六辻は自分から捨ててしまっていたのだ。

——多分、それは間違ってる。

自分が虹烏として発現したことで、六辻がこうして本山に戻った。一旦は決別したこの場所と、六辻がこうしてもう一度繋がることができたことにほっとする。それだけでも自分の存在意義があったと思った。

どのくらいそうして妖たちがいる屋敷を見つめていたのか、パキッと木の枝を踏む音に続いて「虹烏か」と声が聞こえて、穂澄ははっとして振り向いた。

ぎくりとする。そこにいたのは大長老だった。昨日の袴姿とは違う楽な着流し姿だ。

昨晩の広間での恐怖が蘇って、穂澄はシャツの裾を両手で握り締めて立ち尽くした。

——どうしよう。六辻さんもいないのに。

「六辻は中か」

「——はい」

大長老にじっと見つめられ、冷や汗が背中を伝う。

どのくらいそうして黙って立っていただろうか。やがて彼はゆっくりと口を開いた。

「虹烏よ、六辻を守ってやってくれ。頼んだぞ」

あまりに思いがけない言葉に、穂澄は「え？」と問い返してしまう。

「あれは危なっかしすぎる。昔のわしとよく似ているんだ」

「大長老さんと……？」

「妖に心を寄せすぎる。それは術者としては欠点だ」

噛みしめるような大長老の言葉に、穂澄ははっとする。もしかして、と思った。

「あの、――妖狐さんに暁って名前を誰が付けたのかご存知ですか？」

「わしだが。なぜだ」

やっぱり、と思った。とくん、と心臓が音を立てて体が温かくなっていく。

「いえ、さっき暁さんとお話ししたんですけど、名前を気に入っていると言ってたので」

大長老はわずかに目を丸くしてから小さく微笑んだ。その笑顔に穂澄は息を呑む。

――悪い人じゃない。むしろきっと、六辻さんを理解してくれている味方だ。

「まさか本当に六辻が虹烏を見つけるとは思わなんだ。六辻の術者としての素質は一族の中でもかなり強いが、なにせ未熟で頑固すぎる。伝説の虹烏と組むにはあまりにバランスが悪い。世話を掛けるが、どうか六辻の心を守ってやってほしい」

今度こそ本当に、大長老が六辻を思いやる気持ちが穂澄に届いた。

「はい。必ず」

嬉しくて、頬を赤らめて答えた穂澄に、大長老がつられて笑う。

「癒しの妖か。なるほどな。――六辻に念を押しておいてくれ。一年に一度は必ず報告に来いと。妖たちが喜ぶからな」

彼はそのまま穂澄に背を向けて去っていった。

後ろ姿を見つめる穂澄の心に、ふっと暁の言葉が蘇る。

『自分で決めていい』

――あ、そうか。もしかして、こういうこと……？

それならば、自分は妖と人間の仲立ちでありたいと願う。妖と人間の距離は、今は開いてしまっているけど、こうやって心を繋いでくれる人もいる。六辻の部屋の妖たちのように人間を好きな妖もいる。両者の和を保つ存在でいたい。

すうっと目の前が晴れた気がした。

「穂澄！」と六辻が屋敷から駆けて出てくる。

「突然いなくなるからびっくりしたよ」とほっとした顔をする六辻に、穂澄は抱き付いた。

「穂澄？　どうした？」

その問いには答えず、「懐かしい妖さんたちとたっぷりお話しできました？」と穂澄は笑う。

「ああ。協力を取り付けてきたよ。気が向いたら俺たちのこと助けてくれるって」

「協力？」

「そう。契約じゃなくて協力。対等な関係での、縛りのない約束」

はっとした。嬉しくて穂澄の頬が赤くなる。これはきっと穂澄が願ったことと同じだ。

「穂澄、俺はもう逃げないよ。虹烏を得た責任もある。ちゃんと向き合って主張して、少しずつでも術者と式神の関係を対等にしたい。——頑張るから、見ててくれ」

「もちろんです。すごく素敵だと思います、それ」

「そう言ってくれてよかった」と笑う六辻に穂澄はいっそう強く抱き付いた。

なぜか滲みそうになった涙を六辻の服に押し付けて吸わせてから、見上げて笑う。

「ね、六辻さんの部屋に早く戻りましょう。みんなきっとすごく心配してるから、もう大丈夫だって言ってあげなくちゃ。——僕、今、すっごくみんなに会いたいです」

◆

「ただいま戻りましたー」

アパートのドアを開けた穂澄の体に、『おかえり！　六辻、穂澄』と鈴ノ助が飛び掛かる。

「わっ」

胸まで駆け登ってきた鈴ノ助を抱き上げながら、穂澄は明るく笑った。

『おかえりー、ほっちゃん』

ネズはくるくると穂澄と六辻の足の周りを駆け巡る。釜爺もかぱかぱと蓋を揺らして歓迎の気持ちを表現していた。

「なんだ、俺よりも穂澄か」と笑う六辻に、『だってさー、六辻さんは何の心配もいらないけど、ほっちゃんは心配なんだもん』とネズが答える。

彼らの賑やかで素直な出迎えが嬉しい。

本山で一泊しただけなのに、何日も留守にしていたような気がした。それほど穂澄はここに溶け込んでいたのだ。心がどんどん華やいで温かくなっていく。顔が勝手にほころぶ。

『穂澄、すっごくいい顔！』

鈴ノ助が猫の手で穂澄の頬をぐいと押した。

『元気になったのね。良かった！』

『あれ、この紐なに？　綺麗だねー』

穂澄の足首の組み紐にネズが気付く。その言葉に、釜爺が『ほう。無事に式神になれたようだな』と言葉を繋いだ。

「はい。おかげさまで」

頬を染めて嬉しそうに答えた穂澄に、鈴ノ助が目を瞬く。

『無事になって、何よ。契約したら自動的に式神になるんじゃないの？』

『連雀は小難しいんじゃよ。本山に行って、厳しーい審査を経て一族の了承を得ないと式神と認められん。その紐が式神になった証拠じゃ』

『なによ、厳しい審査って！　ちょっと穂澄、大丈夫だった？　苛《いじ》められなかった？』

いきなり慌てた鈴ノ助に、穂澄が「大丈夫です」と笑う。

「六辻さんが守ってくれたから」

照れながら言った穂澄に、『あらまあ』とにまっと笑いかけて鈴ノ助が畳に飛び下りた。

『まあいいわ。とにかく、めでたい再出発ということで。——改めて……』

鈴ノ助の頭にネズが駆け登り、鈴ノ助と一緒に穂澄を見上げた。

釜爺も含めて、同時に口を開く。

『ようこそ、妖パラダイスへ！』

■あとがき■

こんにちは、月東湊です。

このたびは、『純情ウサギが恋したら』を手に取ってくださいましてありがとうございました。肩の力を抜いて好き勝手に書いたら、「当て馬までいい人って」と担当さんに笑われるくらいの悪い人がいないほのぼの話になりました。

さらにイラストも、ずっと憧れていた高星麻子先生がふんわり可愛く仕上げてくださいました。穂澄の愛らしさに私自身がノックアウトされています。そんな素敵イラストともども、ノンストレス話を楽しんでいただけたら心から嬉しく思います。

いつの間にそんなにと自分でも驚いていますが、この本は、私の二十冊目の本になります。いつも書く言葉ですが、私が作家でいられるのは、こうして私の本を読んでくださる読者の皆様のおかげです。本当にありがとうございます。

これからも、「良かったね」と登場人物に言ってあげたくなるようなお話を書きたいという初心を忘れずに頑張って書き続けていきますので、どうぞよろしくお願いいたします。

また次のご本でもお会いできたら嬉しいです。

２０１６年夏の最中に　月東湊

✦初出　純情ウサギが恋したら……………書き下ろし

月東 湊先生、高星麻子先生へのお便り、本作品に関するご意見、ご感想などは
〒151-0051 東京都渋谷区千駄ヶ谷 4-9-7
幻冬舎コミックス　ルチル文庫「純情ウサギが恋したら」係まで。

幻冬舎ルチル文庫
純情ウサギが恋したら

2016年10月20日　第1刷発行

✦著者	月東 湊　げっとう みなと
✦発行人	石原正康
✦発行元	株式会社 幻冬舎コミックス 〒151-0051 東京都渋谷区千駄ヶ谷 4-9-7 電話 03(5411)6431[編集]
✦発売元	株式会社 幻冬舎 〒151-0051 東京都渋谷区千駄ヶ谷 4-9-7 電話 03(5411)6222[営業] 振替 00120-8-767643
✦印刷・製本所	中央精版印刷株式会社

✦検印廃止

ISBN978-4-344-83835-2　C0193　Printed in Japan